マボロシの鳥

太田　光

幻冬舎文庫

マボロシの鳥

目次

荊の姫

今はもう、誰も知らない遠い時代。

確かにあったはずの国。

その国の奥の深い森の中に、誰もが見過ごして通り過ぎてしまうような、小さな城があった。鬱蒼とした荊で覆われている、朽ちかけた城だった。


荊の城。


城は、それを見たという人々の間では、そう呼ばれていた。

城の一番上の部屋に、少女はいた。

小さな暗い部屋だった。窓はあるが、ツタに覆われた窓からは、ほんのうっすらとしか、太陽の光は差し込まなかった。


少女は、荊の姫と呼ばれていた。

体は全身、薔薇の棘だらけの荊で覆われていて、少女が体を少しでも動かすと、体中に巻かれた荊が彼女の肌を突き刺すのだった。棘が突き刺さった所からは、いつも少しずつ、細く血が流れた。

少女はそのたびに、涙を流した。

「痛い」

という言葉は、いつの頃からか、言わなくなっていた。棘が刺さっても、ただ黙って過ごすようになった。でもなぜか涙だけは流れるのだった。

涙はいつも温かかった。

少女の感じる温もりは、時々流すこの涙と、時々流す細い血だけだった。

もう何年、何百年、こうして過ごしているのか、少女にはわからなかった。

少女は、いつも、全身を荊に巻き付かれた体で、荊に覆われた寝台の上にいた。

遠い昔には、何度も、この体の荊をほどこうとした。しかしそのたびに、棘は少女の指を切り、首に刺さり、胸に刺さり、腿に刺さった。

ほどこうとすればするほど、荊は少女の体を前よりも更にきつく締め付け、棘は前よりも更に深く少女の体に突き刺さった。

どれほどの血が流れ、どれほどの涙が流れたろう。

いつしか少女は、荊をほどくことを諦めた。痛みを感じるのが、当たり前の日々に少女は包まれた。

かつて、自分が、荊から逃れようとしたことが信じられなくなるほどの、長い月日が流れた。

やがて荊は少女の体の一部となり、それでもいつまでも、痛みは、新鮮なままだった。

……今は……。

朝だろうか、夜だろうか。

少女はそっと、顔を窓の方に向けた。

棘が首を刺し、薄い光を見つめた目から、涙が流れる。

「ねえ、今は朝、それとも夜」

「さあね……わかってもしかたないだろう……」

白い髪の老婆は、そう言うと布で少女の流した血をそっと拭き取り、少女の涙を拭った。

それから静かに、少女の髪を撫でた。

老婆は、いつもそうしてくれた。

気がついた時には、老婆は既に少女の側にいた。当たり前のように付き添っていた。

そして少女が血を流すたびに、涙を流すたびに拭き取り、拭い、そのあと、必ずそのしわくちゃな手で、静かに髪を撫でた。

少女はその老婆の名前も、なぜ自分の側にいるのかも、知らなかった。

「ねえ……」

いつも少女はそう話しかけた。

かつて、少女は老婆に自分の体を覆う荊のことを聞いたことがあった。

なぜ、自分はこうしてここに縛られているのかと。

「いつか、思い出す時がくるよ」

「思い出す？……私は忘れてるの？」

「そうだよ」

「……私は、思い出すかしら……」

「ああ、きっと思い出すさ」

「それは、いつ？」

少女は顔を老婆の方に向けた。たちまち棘が白い首に突き刺さり、また血が流れた。

老婆は、細く流れる少女の血を丁寧に拭きながら言った。

「いずれ、きっと……お前のことを抱きしめられる者があらわれる」

少女は、荊に包まれた自分の体を見つめながら言った。

「この私の、体を……」

「そうさ。時がきたら、お前は全て(すべ)を思い出し、そして、このお前の体を縛る荊も全て消えるだろう。まるで魔法がとけたようにさ。時がくるまで、この荊は消えないのさ……お前を抱きしめられる人があらわれるまでね」

「……私を、抱きしめられる人……」

老婆とそんな話をしたのは、いつの頃だったろう。話したのは、本当だったのか、自分の見た夢だったのか。少女にはもうわからなかった。

——荊の城に、美しい荊の姫が住んでいる。

噂(うわさ)を聞いて、今まで何人もの若者が荊の城を訪れた。

「美しい姫を我が后(きさき)に」

「姫を縛る荊などはこの剣で全て斬(き)り、取り除いてみせる」

と、勢い勇んでやってきた若者達は、皆、いざ城の前に来ると、ほとんどの者が息を飲み、城を見上げ立ちつくした。

城を覆う荊。

それは植物というよりも怪物のようだった。

城を喰らう怪物。

大抵の者は怪物に恐れをなして、城に入りもせずに逃げていった。

中には何人か、勇気を振り絞り少女の部屋にたどり着いた者もいたが、荊に覆われた少女の姿を見ると、誰もが青ざめるのだった。

彼らは決まって、恐怖と、憐れみの入り混じった目をして少女を見つめた。

時に少女は彼らの目を、すがるように見つめかえすこともあった。

ある青年は、震える手で、握りしめた剣を振り上げ、力任せに荊を断ち切ろうとした。

しかし簡単に跳ね返され、剣は粉々に砕け散った。

少女の体を覆う荊は、青年達に棘の先を突きつけて、まるで彼らから少女を守っているようであった。そしてその同じ棘が、少女の白い肌を突き刺していた。

城にあらわれた者の、誰一人、少女に触れることはおろか、その側に近寄ることすら出来なかった。

今では、荊の城を訪れる者はいなかった。

少女は、薄い光が差し込む窓の方へ向けていた顔をもとに戻した。

別の棘が首に刺さる。また涙が滲んだ。

老婆が涙を拭おうと立ち上がった。

その時。

少女の部屋の扉が開いた。

立っていたのは、疲れ果てた男だった。今まで城を訪れてきた若々しい生気溢れる青年達とは違い、男は痩せて、老人のように見えた。身にまとったぼろきれは、男を実際の年齢よりもだいぶ年老いて見せていた。

少女は、男の目を見つめた。

男の目は、それまでに少女を見つめた誰の目とも違っているように少女には思えた。

恐怖というよりは、驚愕。憐れみというよりは、懐かしさをたたえた目だった。

そう少女には思えた。まるで、遠い昔に見失った人に、長い時を経て、ようやくここで再会したかのような……。

そんな目をしているように、少女には思えた。

「違うわ……」

抱きしめるたび、いつも女はそう言った。

「あなたは、抱きしめかたがへたね……」

言われるたびに、男は戸惑った。

そしてもう一度、今度はもう少し強く、抱きしめた。

すると女は、フッと、諦めたように笑って、

「小さな子供みたい……」

と言った。そして、

「……離して、苦しいわ……」

と、目を伏せた。

「俺が悪いのか……」

「……悪いとか、そういうんじゃないわ」

「じゃあ……」

「あなたは、大切なものを、本当にそうやって抱きしめるの？」

男は何も言えなかった。そして、今度はそっと抱きしめた。

「そうじゃない……」

男の腕の中で女は呟いた。

男はどうしていいかわからず、夢中で女を掻き抱いた。

「あなたは、私を包むことが出来ないのね……」

女は言った。

「これは、愛ではないわ」

そう言うと、男の体を離した。

「でも別に、それでいいの」

何度くりかえしても同じだった。

男は何度も戸惑い、女は何度も諦めた。

そんなふうにして、何年も時がたった。


やがて女は、病に倒れた。

女の体はみるみる衰弱し、痩せ細り、男は戸惑うことしか出来なかった。

ただじっと、死にゆく女を見つめているだけで、何も出来なかった。

死の間際、女は最後の力で震える両手を男に向けて差し出した。

「……あなた……」

男は、恐る恐る、女を抱きしめた。
そっと。そして少しずつ強く。
男の腕の中で、女は死んだ。
女の死に顔は、微笑(ほほえ)んでいるように見えた。
しかし、男にはわかっていた。
女が最後の瞬間、落胆して死んだことを。
女の最後の吐息が、男にそれを知らせた。
……そうじゃない。
と。
女の微笑みは、諦めの微笑みだった。

あれからの長い旅の果てに、男はようやくこの城にたどりついた。
今、男の目の前にいるのは、荊(いばら)で全身を包まれた、荊の姫だった。
少女は男を見つめた。

なぜ、この男は自分を懐かしそうに見るんだろう。

男はゆっくりと、少女に歩み寄ると、荊に覆われた体を引き寄せて、その棘の上から、そっと、やがて強く、少女を抱きしめた。

棘が、男の体に、そして少女の体に深く突き刺さった。

男の体からは、少女と同じ赤い血が流れ、少女の目から、涙が流れた。

気が遠くなるほどの痛みを全身に感じた。

痛みの中で、少女は、失っていた記憶を蘇らせた。

……ちぃ、ちぃ、ちぃ……

少女の手の中で、白い小鳥が鳴いていた。

もう何百年も前かもしれない。少女は城の一番上の部屋にいて、大好きな小鳥を手の中に包んで遊んでいた。

窓から明るい太陽の光が差し込み、少女と小鳥を包んでいた。

「私の、小鳥……」

少女は小鳥が愛おしかった。

自分の小さな手の中の、小さな白い生きものが、たまらなく、愛しかった。

「……大好き」

手の中で、小鳥は細かく震えていた。

少女はそれを見ているうちに、抑えきれなくなって、小鳥を強く……。

ギュッと握りしめた。

「可愛い小鳥……小鳥……ことり……」

気付くと小鳥は動かなくなっていた。

……ちっ、ちっ……ち……

小さく鳴いて、小鳥は死んだ。


それは鳥の神の怒りに触れ、城は、呪われたように少しずつ荊に覆われていった。

やがて少女の体も荊に捕らえられたのだった。

急に体から痛みが消えた。

男が、抱きしめていた少女を、そっと引き離してみると、荊はすっかり消えていた。

少女にとって、痛みの無い世界は、生まれてくる前の世界のような、柔らかさに包まれた世界だった。

❧

城を覆っていた荊が消え、窓から光が差していた。

光の中で、男と少女はお互いを見つめた。


「……あなた、だったのね……」

少女は、呟いた。

男は再び少女を抱きしめた。

抱きしめられた少女は、はじめて人の温もりに包まれた。

痛みのない、温もりに。

しばらく、二人の様子を側で見守っていた白い髪の老婆は突然、

「ちぃ、ちぃ、ちぃ」

と鳴くと、白い小鳥にその姿を変え、城の窓から空へと羽ばたいていった。

タイムカプセル

突然の爆発によって、ケンは、一瞬で粉々に吹き飛びました。

ここは、世界一美しいといわれる島。

世界中の人々が、永遠にこの地球に残したいと願う、宝の島です。

その静かで平和なはずの島で、なぜこんなことが起きたのでしょう？


そこは、ケンだけが知る秘密の丘の上でした。深い森から一歩出ると、突然視界がひらけて、緑の草に覆(おお)われた広場のような空間になっていました。

向こうにはどこまでも続くキラキラと光るニライカナイの海が広がっていました。

ニライカナイとは、この島の言葉で〝遥(はる)かな神の世界〟という意味です。

人間は死んだら皆そこへ行く。それと同時にそこからは、人間を楽しくするあらゆるものが生まれ、海を渡ってこちらへやってくる。

全(すべ)ての始まりと、全ての終わりにある場所。

ニライカナイ。

海は、ニライカナイとこの世界を繋(つな)ぐ水の道であると、島の人々は信じていました。

秘密の丘の上で、二十歳になったケンは、十歳の時に埋めたタイムカプセルを掘り起こそうとしていたのです。

タイムカプセルの中には、ケンが未来に向けて書いたメッセージが入っていました。

しかし、ケンの掘った先にあったのは、もう一つのタイムカプセルでした。

不発弾です。

ケンのシャベルが触れた瞬間、それは爆発し、ケンを跡形もなく消し去ってしまったのです。

爆弾はその場所で、六十五年間眠り続けていました。密(ひそ)かに自分の任務を全うする機会をうかがいながら……。

爆弾は、何故(なぜ)、どんな風にして、そこに置かれたのでしょう?

過去と未来には、私達には見つけられない不思議な繋がりがあるものです。

時間を、六十五年前に戻してみましょう――。

ここに、一人の青年がいました。名前はポールといいます。

ポールは今、爆撃機に乗って敵国の上空にいました。眼下にはキラキラと光る海と、宝石のような小さな島々が広がっています。

空は快晴でした。

操縦席から見下ろす島々の景色は、静かで、美しいものでした。

……これが、偶然創られたものだとしたら、自然は、偉大な芸術家だな。

と、ポールは思いました。

ポールに見えたのは、まるで優れた芸術作品のように、無駄なものなど何一つ無い、と感じさせる景色でした。

ポールは、今からその景色に、爆弾を撃ち込む任務を背負って、遠い国から、はるばるここまでやって来たのです。

……やるなら、跡形もなく全てを破壊しよう。未来には何も残らないように。

眼下の景色を見てポールは思いました。

この時ポールは、未来など、とても愛する気になれませんでした。

〝来るべき平和の為に〟

というスローガンを、どうしてもポールは受け入れることが出来ませんでした。

〝建て前〟にしか思えなかったのです。

「殺せ」という命令と、「平和」という言葉が、どうしてもポールの頭の中では結びつかなかったのです。

ポールがひねくれた若者だったのでしょうか。それとも、世界がひねくれていたのでしょうか。

多くの人が若者から大人になる過程で通る、自分を取り巻く世界の掲げる大前提を、自分自身の心も含めて〝偽物〟だと疑いたくなるそんな時期と、この戦争のタイミングが偶然合致してしまっただけのことかもしれません。

〝時のイタズラ〟のようでもありました。

不思議なことにいつも、戦争を戦うのは、人生の初心者である若者です。

自分が存在する世界のことも、自分の中にある心のことすら、信じることの出来ない若者に、殺戮の先に平和があることを想像しろということ自体、初めから無理だったのかもしれません。

「殺せ」と「平和」が、どうしてもポールの中では繋がらなかったのです。

まずは殺戮。

ポールには、そこまでが精一杯でした。

目の前のこの戦争に勝つ。それしかポールの頭の中にはありませんでした。

……全てを断ち切ることしかない。

ポールはそう思っていました。

この戦争に積極的に参加する。

それがポールの、戦争の掲げる大前提に反抗する一番の方法だったのです。

……何もかも、この手で破壊してゼロにする。この戦争を始めた敵の国の連中も、彼らに対抗する自分達も、狂人である。この先に未来などない。全てを粉々にして消してしまおう。

自分達のような狂人と、未来が繋がらないように。それがこの世界に対する礼儀である。

ポールは決意していました。

……過去と未来を分断する。

それが、自分の任務であると。

その為には、たった今、世界が終わっても構わないと。

……世界を終わらせ、戦いを終わらせ、自分の命も終わらせよう。

やがて、攻撃目標の島が見えてきました。ポールは操縦桿（かん）を下げ、高度を出来るだけ低くとると、無数の爆弾を島に投下しました。

全てを終わりにする為に。

雨のように、死を降らせたのです。

緑色に光っていた島の大地のあちこちに灰色の煙の玉が幾つも幾つも出現しました。

よく見ると小さな黒い点がたくさん、灰色の玉と玉の間を移動しているのが見えました。

それぞれの点から発せられているであろう人々の絶叫と悲鳴は、爆撃機のエンジン音と爆弾の爆発音でかき消されてポールまでは届きませんでした。

ポールは、小さな黒い点を一刻も早く全て無くしてしまいたくて、心の中で何度も叫びました。

……終われ！　終われ！

と。

それでも、不思議と、世界は終わりませんでした。

いくら爆弾を降らせても、過去と未来は分断出来ませんでした。

そして、その時投下された無数の爆弾のうちの一つが、秘密の丘の土の中に潜伏したのです。

過去と未来を繫ぐ、タイムカプセルとして……。

戦争は、あっけなく終わりました。

あとにやって来たのは、嘘のような平和でした。

この世界と一緒に、自分の命も終わらせようと思っていたポールは、世界が終わらなかったことに、拍子抜けしたような気持ちでした。抜け殻と言ってもよいかもしれません。

自分の国に帰ってきたポールは、しばらくの間〝生きているフリ〟をして過ごしていました。

……あの熱狂は何だったのだろう？

ポールは何度も思い返しました。

……あの時、世界が終わり、自分も終わるのだと思ったからこそ、俺は……。

ポールの脳裏に、あの日見たたくさんの小さな黒い点が浮かんできました。動いている点もあれば、止まってしまってもう動かない点もありました。

……あの時、俺が終わらせたものは、何だったのだろう？

その疑問はずっとポールにつきまとい、何をしている時でも忘れられることはありませんでした。

脳裏にあの黒い点が浮かんでくると、ポールは何をしていても、すぐに動けないような気持ちになり、スーッと心が冷たくなってしまうのでした。

そしてやっぱり、こう思うのでした。

……いつこの世界が終わっても構わない。

その気持ちは、変わらないままでした。

……命など惜しくないし、未来など愛せない。

そう思ったまま、十数年が過ぎました。


そしてある時。

ポールはシェリーと出会いました。

無名戦士の墓の前で。

果てしない程に思える広大な墓地の一箇所に、名もない兵士の墓がポツンと一つありました。

ポールはその墓の前にいました。

特に慰霊や、祈りの思いがあったというわけではありません。何かハッキリとした目的があったわけでもありません。

ただ、空虚で、行き場を失った自分が訪れる場所として最もふさわしい。そんな気持ちでした。

あの時、自分が終わらせたもの。

それは名もない黒い点でした。

名前が刻まれた無数の石の中で、たった一つだけ存在する無名戦士の墓。

あれからずっと〝生きているフリ〟をしてきたポールには、その墓が自分に似ているように思えました。そして自分が見た、あの黒い点にも似ている気がしたのです。

何も持たず、墓の前にただ佇(たたず)んでいるだけのポールの後ろから、小さなヒマワリの花がさしだされ、石の上に置かれました。

振り向くと、そこにいたのがシェリーでした。

シェリーは兄をあの戦争で失っていました。

兄の為に持ってきたヒマワリのいくつかをわけ、何も持たずにやって来て立っているだけのポールの前に置いたのでした。

「ごめんなさい。あまりにも寂しかったから」

〝寂しい〟という言葉が、何も置かれてない石に向けられていたのか、自分自身に向けられていたのか、ポールにはわかりませんでした。

少なくなった数本のヒマワリを手にそこに佇んでいるシェリーこそ、寂しいと呼ぶのに一番ふさわしいようにも見えました。

「ありがとう」

それが、ポールがシェリーに伝えた最初の言葉でした。

シェリーの兄はポールと同じ歳で、同じように爆撃機に乗っていました。

兄は幼いころから物静かで、花が好きで、昆虫が好きで、生き物が好きで、男の子としては少し優しすぎる、繊細な少年でした。

シェリーの父はそんな兄に、「男は勇気が必要だ」「男は戦って一人前になる」「守るべきものを守る力を持っているのが男だ」と、ことあるごとに言っていました。

シェリーは、優しい兄が大好きでした。だから父に叱られ、必死に父の望む男になろうとする兄を傍らで見ていて、時折いたたまれないような気持ちになりました。

「まるで、本当の兄を壊してしまうようで」

と、シェリーはポールに言いました。

例えばシェリーと二人だけで、森の中で遊んでいる時、草花や昆虫の名前をシェリーに教えてくれている時の兄は、社会から望まれる男というものとは違うかもしれないけど、とても頼りになる、逞しく誇らしい兄でした。

あの戦争が始まり、兄は本当の自分を自ら壊すように、そうしなければいけないんだと自分に言いきかせるようにして、軍に志願しました。

そして、シェリーの兄はこの世界から消え、ポールは残りました。

「あの時、兄を失ったことで、何かが終わってしまったわ」

とシェリーは言いました。

「でもあれからずっと考えてるの。きっと、兄もあの時、誰かを終わらせて、きっとその人の周りにいた人は、どこかで私のように、溜め息ばかりついて生きているんだって……」

ポールは、自分にしかわからないと思っていた気持ちがシェリーに言葉にされるのを、不思議な気持ちで聞いていました。

「そのことを考えると私は、どうしてもここから先へ進める気がしない。私はもう終わってしまっているんだもの。この先に、どんなことがあったって……」

言葉を途切れさせたシェリーに、ポールは言いました。

「そんなことはない」

ポールは自分の発した言葉が意外でした。

今までの自分からは出てくるはずのない言葉が、その場で新しく生まれてきたのです。ポールはまるで、自分に話しかけているような感覚で、シェリーに言いました。

「もし終わったと思うんなら、また新しく始めればいい……」

ポールは、かつて自分がこの世界を終わらせようとして、あれほど大量の死を大地に降らせたにもかかわらず、いっこうにこの世界が終わらなかったことを思いました。

自分は今まで〝生きているフリ〟をしていたのではなくて、確かに〝生きて〟いたんだということをその時ようやく理解したのでした。

あれから、もう十五年もの時がたっていました。

シェリーは、ポールが初めて恋をした女性でした。

ある日気がつくと、シェリーという名前が、ポールにとって宝物のように、愛（いと）しく感じられるようになっていました。

シェリーのことが、自分の命よりも大切だと思った時、ポールは初めて、〝生きている〟

ということを実感したのでした。

シェリーを〝生かそう〟として幾つもの言葉をシェリーに聞かせていたら、いつの間にか、シェリーの中に自分が生きていることがわかったのです。

そして、初めて自分の命を失いたくない、と思ったのでした。

すると、この世界の全ての景色に、色が付いていることに気がつきました。

もちろん、今までだって知らなかったわけではありません。でも、今までポールに見えていたのはとても客観的な色でした。まるで、上手な人の描いた絵のような……。上品で静かな色でした。

しかし、今ポールに見えている世界には、もっと胸騒ぎがするような色が付いていたのです。苦しいような、怖いような。偉大な芸術家が創り出した、理解出来ないけれども、ずっと見ていたくなる作品の色のようでした。

それは、あの時、爆撃機の操縦席から見えた景色とも似ていましたが、少し違ってもいました。

現在のポールを取り巻く景色は、草や、花や、空の中に、それぞれ自分が生きていて、その世界を壊すことは、そのまま自分を壊すことになり、それはそのままシェリーを壊すことになる。そんな気がしたのです。今の自分には、とてもそんな恐ろしいことは出来ない、とポールは思いました。

ポールは生まれて初めて、死を恐れるようになりました。

色彩に溢れたこの世界が終わることは、とても恐ろしいことだと感じるようになったのです……。

それから数年がたち、シェリーが自分の子を身ごもったと知った時、ポールは喜びと同時に、大きな不安を感じるようになりました。

自分を取り巻くこの世界が、とても不安定で壊れやすいものに感じるようになったのです。

かつて、あれほど徹底的に壊そうとしても壊れなかったこの世界が、今は、誰かが少し指でつついただけで、パチン！　と壊れてしまう、まるで風船のような、心細い、頼りない世界に感じるのです。

……この世界を守りたい。

大きく膨らんだシェリーのお腹を見て、ポールは思いました。

……私が生きているうちは、なんとしてでもこの世界を守ろう。いや、たとえ私がこの世界から消えたとしても、その後もこの子の住む世界が、ずっと続くようにしなければ……。

ポールは、生まれて初めて、未来を愛おしく感じるようになりました。

それまで、未来など自分とは関係ないと思っていたのに。自分と、自分がいなくなった後の未来など、何の繫がりもないと思っていたのに。

今は、自分がいなくなった未来にも、自分は生き続けるんだと、思うようになったのです。

そしてポールは、シェリーのお腹に触れて、こう思いました。

……この子は、私が未来へと託す、タイムカプセルだ。

と。

ポールのタイムカプセルは、ローズと名付けられ、やがて、シェリーとそっくりの、美しい娘へと成長しました。

ポールが初めて出会った頃のシェリーと同じ年齢に達したローズは、ある日、一人の若者をポールの前に連れてきました。

ポールは、若者を見て、とても戸惑いました。

それは娘の父親なら、誰でも経験する戸惑いなのかもしれません。

ポールは、既に初老の年齢になっていました。

今のポールは、たった一人の娘に輝かしい未来が訪れることだけを望んで生きていました。

ポールの後半生は、ただその為だけに捧げられてきたと言ってもよいぐらいでした。

ポールの目の前に立ったその若者は、かつて世界が終わることを恐れなかった頃のポールと同じ年頃で、同じ目をしていました。

……この若者に、私が守ってきた世界が、どれほど大切なものなのか理解出来るわけがない。

かつて、大地に無数の死を降らせていた頃の自分と同じ目をした若者を見て、そうポールは思うのでした。

……この若者に、私の未来を託せるわけがない。

ポールは、若者が、娘の、そして自分の未来を破壊してしまうことを恐れたのでした。

そして、ポールの感じた通り、その若者は未来を恐れない、この世界が壊れる恐ろしさを知らない、自分の欲望に忠実な若者でした。

次にローズが言った言葉を聞いて、ポールは、既に若者が、ローズの未来を破壊しかけていることを知ったのでした。

娘は、父に妊娠を告げました。

その現実は、ポールを打ちのめしました。

もちろんそれは、かつてポールが大地に降らせた〝死〟ではありません。むしろ逆の〝生〟です。若者が投下した〝生〟です。ポールにもそれはわかっていました。

しかしその〝生〟は、ポールの思い描いていた未来を、一瞬にして粉々に吹き飛ばしてしまうほどの威力を持っていたのです。

……私の、タイムカプセルを……。

ポールは逆上しました。とてもその現実を受け入れることなど出来るはずがない、と思ったのです。それを受け入れるには、過去の自分を跡形もなく破壊しなければ、とても向き合えないと思ったのです。

……私の世界は、終わった。

と、ポールは思いました。

しかしその時、ポールは忘れていたのです。

こんなことでは、世界は終わらないということを。

過去と未来を繋いだのは、ローズでした……。

それから何年も、ポールは、現実を拒否し、ローズと会うことも拒否し続けました。自分はローズを失ったと思っていました。

……私のタイムカプセルは、永遠に失われてしまった。

と、ポールは思っていました。

再びポールは、〝生きているフリ〟をするだけになったのです。

そんなある時。ポールの元へ、ローズから手紙が届きました。

ローズはあれから、何通も何通も、自分と夫と、自分達の息子のことを書き、それに自分達の写真を添えて両親の元へ送り続けていました。

しかしポールは、それを見るのを拒否し続けていました。いくらシェリーが見せようとしても、絶対に見ませんでした。もし、受け入れてしまったら、自分が守ってきた世界が壊れてしまうと、信じていたのです。

もう既に、新しい世界は始まっていたのに、そのことに気づかないでいたのです。

ところが、その日。ポールはたまたまシェリーが机の上に置きっぱなしにしていたものをチラッと見てしまったのです。

もしかしたら、それはシェリーの作戦だったのかもしれません。

机の上には、何枚かの便箋（びんせん）と、一枚の写真がありました。

ポールは一瞬目の端に見えたその写真から目を離せなくなってしまったのです。

それはまるで、爆発のような衝撃でした。

写真に写っていたのは、十歳になったローズの息子の笑顔でした。その笑顔は、自分にそっくりでした。

それは思った通り、〝死〟よりも容赦なく、ポールが今まで守ってきた世界を吹き飛ばしてしまいました。

跡形もなく。

しかし、その後に、徐々に別の世界が浮かび上がってきたのです。

何も無くなってしまったかのように思えたポールの前に、うっすらと見えてきたのは、新しい、

〝守るべき世界〟

でした。

過去と未来は繋がっていて、この世界はちっとも終わる気配を見せません。

写真の中の少年は、ポールに笑いかけていました。

……タイムカプセル……。

ポールはその少年の中に、自分が生きていることを知りました。

少年の後ろに見えている海の中にも……。

その海は、あの海でした。

ニライカナイの海。

人間は死んだら皆そこへ行く。そしてそこからは、人間を楽しくするあらゆるものが生まれ、こちらへやってくる。

そう言われている、あの海でした。

ポールは島の人々の言い伝えを知っていたわけではありません。

ニライカナイという言葉を聞いたことすらありませんでした。

それでも写真の中の海は、言い伝えの通り、写真を見つめるポールの世界を再び、少しずつ、色づかせ始めたのです。

ポールは少年が、かつて自分が一度だけ目にしたあの海の上に住んでいることは、もちろん、ずっと知っていました。知っていながら〝知らないフリ〟をしてきたのです。

〝知らないフリ〟をしなければ〝生きているフリ〟が出来なかったのです。

少年の生きている海と島は、自分が壊そうとした海と島だったから。

過去の自分を忘れ、未来の自分を否定しなければ、現在の自分を保つことが出来なかったのです。

写真の中の少年はまさしく、

……ローズと、あの若者の結晶。

それは、

……この国と、あの国の結晶。

でもありました。

かつて、ポールの前に突然現れて、ポールの世界を吹き飛ばしてしまった若者は、ポールが無数の死を降らせた、あの国の若者だったのです。

だからそれは、自分に対する復讐だと、ポールは感じていたのでした。だからポールは、どうしても受け入れることが出来なかったのです。あの若者が勝手に作りかえてしまった世界を認めるわけにはいかなかったのです。

しかしポールの思いをよそに、既にその新しい世界は始まっていて、とっくに未来へと、進み始めていました。

ポールは再び、未来を愛おしいと感じました。

少年は、ポールが生きている証拠だったのです。少年の中には、〝生きているフリ〟ではない、本当に生きているポールがいたのです。

ポールは、生まれて初めて、〝あの国〟を守りたいと思いました。

自分がこの世界から消えてしまった後も、ずっとあの国が、あの時のままそこに在ってほしい。心底そう思いました。

一度は、粉々にして消してしまおうと思った、あの国のことをです。

写真を持つポールの手はいつしか震えていました。

……あの時、破壊しないで良かった。この世界が、私に破壊出来る世界でなくて良かった。

ポールは何度も何度も、思ったのです。

その時から、ポールのタイムカプセルは、写真の中で笑う少年になりました。

あの国にいる少年は、間違いなく、ポールの孫であり、ポールの分身でした。

少年の名前は、ケンといいました。

ポールは、ケンに会いに、再び、あの遠い国へ行く決心をしました……。

それから十年の時が経ち、

今。

ポールは、ケンが死んだという報せを聞いて、途方にくれていました。

今日は、ケンの二十歳の誕生日でした。

電話口のローズの声は震えていました。

ポールは、ローズが何を言っているのか、その言葉の意味をうまく把握出来ませんでした。

ローズはこう繰り返していました。

「……パパ。……ケンが吹き飛んでしまった。……跡形もなく、消えてしまった……」

ポールは、全身が痺れたようになり、立ったままではいられそうにありませんでした。でもだからといって、座り込むことも出来そうにありません。

ソファーの背もたれにしがみついて、苦しそうに泣いているシェリーを見る勇気もありませんでした。

ポールの頭の中に、日焼けしたケンの笑顔が浮かびました。そして、初めてあの国でケンを見た時の感動が蘇りました。

あの日から何度か、自分もケンもあの国とこの国を行き来しました。

その度にケンは成長し、今では、かつてポールがこの世界の何物をも恐れなかった頃のように、あるいは、ポールの前に突然現れたあの若者が、やはりこの世界が壊れることを恐れなかった頃のように、逞しく生意気な年齢に達していました。

ケンはあの頃のポールと同じ目をして、時には挑みかかってくるように、この世界について、あの国とこの国について、ポールと口論することさえありました。

「お前の国は変わらなければならない」

「僕の国はこの世界だよ。僕は、地球で生まれたんだ。この世界には変えてはいけないものだってあるはずだよ」

青臭くて稚拙で幼く思えるケンの言葉も、行動も、ポールにとってはどれもが愛おしく、宝物のようで、自分に対する反発さえ、楽しく、光り輝いて見え、ますます未来が誇らしく思えるようになっていました。

ケンはまさに、ポールの未来だったのです。

……私の、タイムカプセルを……。

ポールに、怒りがこみ上げました。

しかしその時、ポールは、それを破壊したのが、かつて自分が落としたもう一つのタイムカプセルであることは、知りませんでした。

ポールのいるこの世界は、それでもちっとも終わる気配を見せませんでした。

それは、ポールにはとても残酷なことでした。

過去と未来を繋いだのは、ケンでした。


再び、十年前に時間を戻してみましょう。

ポールがケンに会いにあの国へ行った、あの時に……。


十歳になったばかりのケンは、遠い国から来て、再び遠い国へと帰っていくおじいちゃんを、パパとママと三人で空港まで見送りにきていました。

飛行機の時間を待っていた時、おじいちゃんは、突然ケンを抱きしめ、泣き出しました。

ケンはおじいちゃんの力があまりにも強かったので、ビックリしました。

おじいちゃんはいつまでもケンを放そうとしないで、

「ありがとう……ありがとう」

と、ポロポロ泣きながら、繰り返していました。

ママがおじいちゃんの肩へ手を置くと、ようやくおじいちゃんはケンを放しました。

空港からの帰り道、ケンはママに聞きました。

「おじいちゃん、何であんなに泣いたの？　そんなに帰りたくないなら、ずっとここにいればいいのに……」

ママは笑って言いました。

「おじいちゃんは、ケンが元気でここにいてくれたことが、本当に嬉しかったんだって。だから、ケンにありがとう、ありがとう、って言ってたの」

ケンはパパを見ました。パパはケンに頷きました。

「おじいちゃんは、ずっと昔にここへ来たことがあるんだ。……ケンも、パパやママも、生まれるずっと前だ」

……きっと、センソウの時だ。

ケンはそう思いましたが、黙っていました。

「おじいちゃんは、その時に見た海がとても綺麗だったと言っていた。そしてそれから何十年も経ってまたここへ来てみたら、海は、その時のまんま、何も変わってなかったんだそうだ。昔自分が見たまんまの景色の中に、ケンがいて、今、同じ海を見ていることがとても幸せだと言っていた」

「ふーん……」

ママはケンの頭に手をのせました。

「おじいちゃん、ケンが大好きだって言ってたわよ。だから、ケンとこの海を、ずーっと守りたいって思ったって」

ケンは少し照れくさくなって通りの向こうの海を見ました。

その日、通りは賑(にぎ)やかでした。人がたくさん行列していて、手には、

〝サミット粉砕！　もう基地はいらない！〟

と書かれたプラカードを持っていました。

パパとママはその人達を見つめて、ジッと何かを考えているようでした。

パパが言いました。

「ケン。パパもママも、おじいちゃんと同じことを思ってる。みんな、お前やあの海を守りたいと思ってる。でもその方法は、それぞれ少しずつ違うんだ。お前も、その方法について、きっとこれから考えることになる。どうすればこの世界を守れるのか。必ず自分の頭でよく考えて、必ず自分の頭で答えを見つけるんだ」

みんなが同じように、守りたいと思ってるのに、どうしてその方法が違うのか。その時のケンにはよくわかりませんでした。

パパはいつもケンに言っていました。

「この島で生まれたことは、この国の他の場所で生まれたことと、全然違うんだ。ケンには
まだ難しいかもしれないけどな」

そう言われるのが悔しくて、ケンは、いつもパパの言葉を必死で考えるようになりました。

「パパやこの町の人々は子供の頃からずっとそのことを考えてきた。今でもだ」

パパは若い頃、留学し、ママと出会ったのだそうです。

パパはママの国が大好きなのに、同じように大嫌いでもあって、当時よくケンカになった
そうです。

当時の思い出話をする時、ママは決まって言います。

「パパはママのことが大好きだったくせに、いつもママとケンカになったのよ」

「そんなにケンカするのに、大好きなの？」

ケンが聞くとパパは黙ってしまい、ママは笑って言いました。

「ママとケンだって、時々ケンカするでしょ？」

「うん」

「パパとママも同じよ」

「でも僕は、ケンカしてる時は、時々ママから遠くに離れたくなるよ」

「そうなの？　ケン？」

ママは驚いたように言いました。

「うん。……時々だよ」

パパが言いました。

「でも、離れてしまわないのはなぜだ？」

「だって……」

と、ケンは言葉を詰まらせました。

「不思議だな」

とパパが言うとママはいつも、

「ちっとも不思議じゃないわ」

と言うのでした。

「そんなこと、ちっとも不思議じゃないってことが、あなたにもそのうち分かるわ。ケンカの理由の色んなことを、何もかも全部、超えてしまうものがあるの」

「ケンにはまだ難しいよ」

とパパが言いました。

「難しくないよ」

と、ケンは言い返しました。本当は難しかったけどそう言いたくなったのです。

パパは、

「ケン。ママは若い時からいつもこうだったんだ。気をつけろよ。この理屈でパパもおじいちゃんもヒドイ目にあったんだ」

と、冗談みたいに言いました。

「どういうこと？」

ケンは思わず聞きました。

パパの代わりにママが答えました。

「パパは、とても優しい人なんだけどね、少しだけ臆病なの。もちろん最後はいつだって、勇気を取り戻すんだけど。時々臆病になってしまう時があるの。ケン。人にはそういう時があるの。人は臆病になってしまうと本当は簡単なことがとても難しいことに感じて、分からなくなってしまうの」

ケンは黙っていました。

ママはパパを見ながら、少しイタズラっぽく言いました。

「パパが初めてケンのおじいちゃんに会った時ね、パパはとても勇気があったのよ」

パパは照れたように笑いました。

「でも、そのあとおじいちゃんと話しているうちに、パパは少しずつ臆病になっていったの」

パパは少し困ったような顔になりました。

ママは続けます。

「それはパパがとても優しい人だからなの。優しいから、おじいちゃんを傷つけたくないって思ったのよ。あの時、おじいちゃんは、とてもヒドイ提案をしたの」

「ヒドイ提案？」

「もういいよ」

パパがママをたしなめるように言いました。

「そう。それはとても残酷な提案だった……」

ママは遠くを見て続けました。

「ケン。人は臆病になると、簡単なことがわからなくなるのよ」

「その話はそこまでだ」

思わずパパが言うと、ママは笑って、ケンの耳に顔を近づけて内緒話みたいに言いました。

「もしあの時、パパが臆病なままだったら、ケンは生まれてこなかったかもしれないのよ」

「おい！」

とパパが慌(あわ)てました。

ママは笑ってもう一度言いました。

「私達が今ここにこうしていることは、ちっとも難しくないし、不思議なことでもないわ。ケン。あなたにはきっと分かるはずよ。だってあなた自身がその証拠なんだもの」

「え？」

ケンにはますます難しく思えてきました。

「この島はね、パパとママにとてもよく似てるの。パパの国とママの国があって、ケンがいる。ケン。あなたがここで生きていることが、パパとママが一緒にいる証拠なの。ちっとも難しいことじゃないわ」

……僕がその証拠。

ケンにはやっぱり難しいようで、でも、そう言われてみると簡単なことのようでもあり、少し嬉しくなって、それでもやっぱり分からないのでした。

……そういえば。

と、ケンは歩きながら思いました。

ゆうべ、パパとおじいちゃんが言い合いをしているような声が部屋から聞こえてきたのです。

「みんな、あの海を守りたいと思っている。でもその方法はそれぞれ違う」

……ゆうべのパパとおじいちゃんの言い合いも、そのことと関係があるのかな。

ケンは、顔を上げました。

行列をしている人々の向こうには、ニライカナイの海が光っていました。

ケンはその海を見つめながら、おじいちゃんに抱きしめられた時、自分が何も言葉を返してあげられなかったことを思い出していました。自分のことを大好きだと言ってくれたおじいちゃんに、「ありがとう」と言われたのに、あの時は、何を言えばいいのかわからなくて、言葉が出てこなかったのです。

ケンはそのことを後悔していました。

……言いたいことは一つだったのに、何て言えばいいのかわからなかった。きっと、こういうことが大人になってもあるんだ。

そんなことを考えていると、ふと、この前学校でタイムカプセルを埋めたことを思い出しました。十歳になった記念に、十年後の二十歳の自分へ向けて手紙を書いて、学校の裏に埋めたのです。

ケンは、自分だけのタイムカプセルを作ろうと、思いました。未来のおじいちゃんへ向けて、今日言えなかったことを手紙にして出そう、と。

もし、十年後、この世界が今のまんまで、あの海がやっぱり今のまんまの海だったら、それを掘り出しておじいちゃんに渡そう。

そう思って、秘密の丘に行ったのです。

過去と未来には、私達には見つけられない不思議な繋がりがあるものです。

それを繋げたのは、他でもなく、ポール自身でした。

ケンは、秘密の丘の上で、穴を掘っていました。

向こうにはどこまでも続く、ニライカナイの海が広がり、キラキラと輝いていました。

やがて、充分な深さの穴を掘り終わったケンは、おじいちゃんへのメッセージを書いた手紙を入れたお菓子の缶を、その穴の中にそっと置きました。

……今度はおじいちゃんも、この丘に連れてきてあげよう。

そう思いながら。

タイムカプセルを埋め、汗だくになったケンは遠くの海を見つめ、未来を想像すると、満足そうに微笑みました。

ケンがタイムカプセルの中に入れた手紙には、こう書かれていました。

「おじいちゃん。ありがとう。これからも、ずっと大好き」

人類諸君！

さて！　今からこの私が皆様方にお聞かせするお話は、語るは涙、聞くは笑いの物語。

健気で小さな動物達の、世にも哀れな物語だ。

淑女の方々。どうぞハンカチのご用意を。


時は西暦20××年。

今から少しばかり先の未来の話だ。

我らが愛すべき人類は、ついに絶滅の瀬戸際まで追い詰められていた！

瀬戸際と言えば、どん詰まり。袋小路、武者小路。やぶら小路のやぶ小路だ。

寿限無寿限無と唱えてみても、人間様の運命は、長久命の長助とはいかなかったというわけだ。

さて、我らが人類の誇るべき文明は、何千年の時を経て、いよいよ行き着くところまで行き着いていた！

絶体絶命、四面楚歌！

この先、一歩たりとも進めない。断崖（だんがい）絶壁、崖（がけ）っぷち。一歩踏み出せば身の破滅。一巻の終わりだ。

そこから見渡す景色は、清水の舞台ほど清らかでも綺麗（きれい）でもなかった。今や、人類そのものが落書き禁止の世界遺産。

行くも地獄、戻るも地獄。とはまさにこのこと。

しかし我らが人類の心境は、死に花、散り際と呼べる程、潔（いさぎよ）いものでもなかった。

未練タラタラ生き地獄！

再放送のお昼のサスペンスのラストシイン。崖に追い詰められた三流の悪党のごとく、タラァ〜リ、タラリと、脂汗（あぶらあせ）。

実に！

見るも無惨な人類の末路。嗚呼（ああ）！　何と惨（みじ）めな姿であることか……。

古今東西。文明、文明、大文明と闇雲（やみくも）に信じて進んではみたものの。いつの間にやら、ザンギリ頭は、とうの昔に、その毛根からまさに根こそぎ朽ち果てて、今さら叩（たた）いてみても、

……ペシャリ……。

と、何とも気の抜けた音しかしないのであった！

文明堂のカステラも、今やすっかり干（ひ）からびて、賞味期限は遥（はる）か昔。まるでそれは、化石

のような変わり果てた姿に相成りし候（そうろう）、オシャマンベ。

諸行無常よ、ああ無情！

ハテサテ、霊長類の王、百戦錬磨の負け知らず、まさに破竹の勢いで進んできた人類を、そこまで追い詰めたものとは一体何であったのか？

何と摩訶不思議（まかふしぎ）。それもまた人類なのであった！

つまり、戦だ。……イクサ。

とは言っても壇ノ浦やら桶狭間（おけはざま）のように、「やぁやぁ我こそは何処（どこ）のナニガシ」などとのんきに自己紹介して、取ったり取られたりといったスポオツマンシップにのっとった騎馬戦大会とはワケが違う。ましてや、おっぱいポロリの女だらけの水泳大会とは根底からして全然違う。

無差別殺戮（さつりく）、大量虐殺（ぎゃくさつ）。誰が呼んだか最終戦争！

文明と共に大発展をしたのは、社会でも、思想でもない。何を隠そうこの戦だ。

平たく言えば人殺しの方法。

棍棒（こんぼう）から投げ槍（やり）へ、剣から鉄砲、火薬、原子力、毒ガス、ウィルス、プラズマ爆弾。

テロテロ坊主（ぼうず）、テロ坊主、明日天気にしておくれ。と、首を吊（つる）した坊主の願い、天に届かず血の雨アラレ。

雨、雨、降れ、降れ、母さんは、蛇の目、魚の目、プロビデンスの目！

今となっては、それがいつ始まったのか誰も知らない。作者不明の詠み人知らずのこの戦。

思えば、その一その二と、数えられてるうちはまだ良かった。冷戦だ、アフガンだ、イラクだと、名前で呼んでるうちは平和だった。

いつの間にやら始まって、気づいた時には日常茶飯事。

何処の誰かは知らないけれど、誰もがみんな知っている。名無しの権兵衛、月光仮面。

生まれた時から、最終戦争。付いたあだ名が、皆殺し。

泥棒の始まりが石川五右衛門と、知らなきゃ啖呵売も終われやしない。

始まらないもの終われない。

終わらす道は、皆殺し。

皆殺し、ミナゴロシ、３７５６４。

９・11の３７５６４。

かけてごらんよ、着信拒否だ。

さて！

瀬戸際まで追い詰められた人類の、最後の頼みの綱はといえば……。

それが何と、たった一人のみすぼらしい老人だった！

その風貌(ふうぼう)は、薄茶色の、吹けば飛ぶよなペラペラの背広に、小さな坊主頭。身長一六〇センチ足らずの子供老人。

今時、カイゼル髭(ひげ)とロイドの丸眼鏡がトレエドマアクというのだから、時代錯誤も甚(はなは)だしいではないか。

しかし！　この老人。

一たび物を考え始めればその思考速度はまさに電光石火。コンピュウタアの何億倍もの速さで世界の隅々の謎(なぞ)まで知り尽くしたその知識の中から答えを導き出すという。まさに歩くスパコン。

スパコン、マザコン、成田離婚。

また、一たび口を開けば、その言説に誰もが聞き入らずにはいられないという話術の持ち主。物言えば唇寒し秋の風などと言ったのは誰か。この老人が物言えば、いかなる季節であろうとも春風が吹くという。春のウララの山本リンダ。枯れ木に花を咲かせやしょう、の花咲か爺(じじ)ぃだ。

そう！

一見、取るに足らないように見えるこの老人こそ、誰あろう、その名を聞けば泣く子も黙る、世界に冠たる大博士。

風間奇一朗大先生、その人であった！

……え？

知らないって？

それは無理もない。未来の話だ。

知らざあ言って聞かせやしょう！

風間奇一朗博士と言えば、地球上でその名を知らぬ者はない、言わずと知れた知の巨人だ。物理に数学、科学に化け学。生物、政治、経済、哲学。思想、宗教、文化に言語。文学、医学、のりピー語まで。実に、何でもゴザレのバケモノだ。

ありとあらゆる分野で新たな理論を発見し、ノオベル賞初の殿堂入りを果たし、学問界のキムタク、人類の叡知の頂きと呼ばれた男。

ニュウトンにリンゴの皮を剝かせ、アインシュタインに洗濯機を回させ、ダアウィンにペットの世話をさせ、ピタゴラスに領収書の整理をさせ、ゲエテに子守唄を歌わせて眠るという、人呼んで、奇人、変人、奇一朗とは、この老人のことである！

さぁて、今、まさに。風間奇一朗博士は、全人類に向けて大演説をする為に、その演台へと向かっていたのである。

演説、と一口に言っても、そこらのチンケな政治家の街頭演説とはわけが違う。

とっくの昔に現役引退。「へへッ……あとはどうぞ、若い人同士で……」と、ニヤニヤ笑いで隠居を決め込み、消えたはずだよ国民年金。見つけ出したる玄治店。

そこの若人！　解らないだろうなぁ。これは、玄治店（げんやだな）と読む。ゲンヤダナ。

「死んだハズだよ、お富さん」で有名な芝居だ。

「しがねぇ、恋の情けが仇」と、消えた年金ふんだくり、悠々自適の人間国宝。その大先生が何で今さらノコノコと、演説をしに人前に出てきたかというと、これがまた、気まぐれとしか言いようがない。フラッと出たまま所在不明、出てきた時にはミイラ老人なんて話が世間にはよくあるそうだが、呼ばれて飛び出てジャジャジャジャアン。引っ張り出したは世間様。

崖っぷちに立たされた自業自得の人類が、自分じゃにっちもさっちもいかなくなって、ご隠居様に、そのご神託を仰ごうということに、何故か世界の意見が一致したってワケだ。あらあらかしこ、あらかしこ。一致団結、蟹工船。溺れる者は糞でも掴む。

……これは失礼。

さて！　これから始まろうとしているこの演説。文字通り、世界中が注目していた。

風間博士の口から、世界を救うための奇策は飛び出すのか？　博士は瀕死(ひんし)の我々にどんな言葉をかけてくれるのか？　世界が生き延びる道は見つかるのか？

敵も味方もない。

老若男女(ろうにゃくなんにょ)、一族郎党、親戚(しんせき)一同。とにかく、地球のありとあらゆる場所まで、この演説は同時生中継されていた。

文明の利器もここまでくれば竹内力(りき)。ナンダカワカラナイ……。

これが未来というものか。皮肉にも、住む場所もなく、不衛生、今日明日の食べものにも苦労するような、相変わらずの紛争地域。ドンパチランドの哀れな子供達までも、何故か携帯電話だけは持っていた。

カステラ一番、電話は二番、またまた出てきた文明堂だ！

こちらの不毛の砂漠でボロを着て痩(や)せ細り、充分な医療も受けられない一人の少女が、手にした携帯電話の画面で見ているのは、最新文明国の情報だ。

何という不条理か！

こんな残酷な世界がかつてあったろうか。彼らは耳年増(みみどしま)ならぬ、耳文明人なのだ！

海の向こうの遥かな文明国には、こんなもの簡単に治す医療が存在することをその目で見、その耳で聞き、知りながら、少女は、足に傷を負った幼い弟が、破傷風をどうにも出来ずに苦しんで、目の前で死んでいくのを、ただただ祈りながら見守るしかなかったのである！

その経験を踏まえた少女が、求めたのは、当然のごとく、文明であった！

哀れな少女は、医学の道を志していた。

君死にたもうことなかれ。

弟の無念を晴らすべく、芯から欲する最新医療。

娘十八番茶も出花。

開けなきゃ良かったパンドラの箱。

パリ・ミラノ・東京ガアルズコレクションをモバイルの小さな窓を通じて見つめながら、土埃の中、ボロ布を身に纏い、裸足で歩く少女達。

これが本当のウィンドウズショッピング。

命短し、恋せよ乙女。

とにかく！　そんな彼女達の元にも、これから始まる風間博士の放送は、ネットワアクを通じて届き、同時通訳、戸田奈津子。誰も彼もが、その小さなウィンドウを熱心に覗き込むのであった！

所変わって、先進国の首脳達が雁首揃える、こちらはれっきとした文明国の会議場。歌うはシナトラ、踊るはケリイの大ニュウヨオク。

ズラリと並んだ首相、書記長、大統領、国家元首に国連事務総長。国定忠治か次郎長か。幡随院長兵衛か八尾の朝吉か。はたまた日ハム大沢啓二かという、いずれ劣らぬ大親分衆だ。

この名だたる大親分衆が、揃いも揃って青い顔。固唾を呑んで見守るは、ウウかビエラかアクオスか。一二〇インチのプラズマビジョン。仲良く揃ってテレビ鑑賞。そこに映し出されるのは、当然のことながら、風間奇一朗博士の演説だ。

嗚呼。なんという情けなさ。泣く子も黙る街道一の、いや、惑星一の親分衆が、赤子同然打つ手なし、ビイトルズでもあるまいし、ヘルプ！　ヘルプ！　と泣き叫び、すがるは田舎のおじいちゃん。奇想天外、奇一朗だ。

またまた所変わってこちらは、半島は北の果て。三八度のその上に、孤立無援の引きこもり。裸の王様住んでいた。テレビ大好きミスタア・マンセエ。国民達には禁じても、こっそり見てるは衛星放送。

その姿は、まるで、親に隠れてエロサイトを覗く中学生そのものだった！

さすがの稀代(きたい)の独裁者といえども、どん詰まりには変わりない。噂(うわさ)に聞いた奇一朗の知恵袋。もしも救ってくれるなら、かつてのプリンセス・テンコウ以上の大歓迎で我が家に招待しようという。どこまでいっても上から目線には変わりはないが、言ったことない、カムサハムニダ。ヨン様ファンのおば様よろしく、練習してみる健気(けなげ)な将軍様なのであった！

さて、どんじりに控えしは、花の都の大東京。徳川綱吉(つなよし)が生きていたら泣いて喜んだであろうという、ハチ公様のお膝元(ひざもと)、渋谷だ。

そこでは人間の煩悩(ぼんのう)の数も普通の数では収まらず、一つ多めの一〇九。それを掲げたバベルの塔が高くそびえる欲望の街。

さて、その壁に掛かった大ビジョンを、足を止めて見上げ、風間博士の登場を、今か今かと待ちわびているのは、顔グロ、鼻ピイ、腰パンの子供達であった。

いつもの元気は何処(どこ)へやら。そのおとなしさはまるで、転校生。借りてきた猫状態。忙しいから借りてはみたが、これじゃまるで使い物にもならない猫の手だ！

今まで世界情勢などに、興味の欠片(かけら)も抱いたことのなかった子供達が、なぜこれ程までに真剣な顔でこの放送を待っているのかと言えば、まさにそれこそ、彼らが大得意な、空気を読んだというやつだ。

あれれ？　どうやらこれはただ事ではないぞ。

と。危険な空気を察知した。

追い詰められれば追い詰められるだけ働くのが、小動物の勘だ。今までとはひと味違う、親達の深刻な顔を見て、これ、ヤバくね？　ヤバいよ！　ヤバいよ！

ノストラダムスか、インディペンデンスデイか。何かいつもと違う、大変なことが起きそうだ。皆既日食喜んで、踊ってラリって終わりじゃないぞ。と、ガタガタブルブル震えだし。バカ面(づら)下げて見上げるビジョン！

静まりかえった渋谷の街は、そのこと自体がまるで、天変地異だったが、それには気づかぬ小動物達。

泣きつく先はおじいちゃん。いざとなったらおじいちゃん。お正月だって、お年玉、一番くれるのは、毎年おじいちゃんに決まってるじゃないかと、痒(かゆ)い所に手が届かない孫の手達の、一つ多めの除夜の鐘。

一〇九個目の煩悩は、死にたくないよ、の願いであった！

かくもかような案配で、東西南北上下左右、三千世界が驚天動地、街頭テレビか欽(きん)ちゃんか、テレビマンなら誰もが一度は憧(あこが)れる、視聴率一〇〇パアセントのお化け番組とあいなった大演説の生中継！オリンピックか万博か、世界の国からこんにちは、三波春夫でございます。お客様は、神頼みです！

これぞ、究極の他力本願なのであった！

さて、最初で最後の世紀の大演説。その会場はと言えば、なんと下町のお粗末な区民ホオルだった。普段やってる催しといえば、ジジイとババアのカラオケ大会が関の山。イベントの規模から言えばなんとも不釣り合いなその場所は、博士の地元、家から商店街を抜ければ歩いて五分のちぃ散歩。其処(そこ)が博士の指名とあらば、従うしかないマスコミ各社。アルジャジーラもCNNも、ありとあらゆるカメラを持って集まる様はオノデン坊や。未来を運ぶ奇ぃ散歩。

「博士。出番です！」

と、一声掛けられ、いよいよ舞台上手より登場し、演台の前に着いた風間奇一朗博士……。しばらくジッと黙り込むと、水入れの水をコップに注ぎ、年寄りの冷や水一杯グイッと飲み干したかと思うと、眼光鋭く、

「人類諸君！」

と、第一声を発した。

まさに、静まりかえる全世界。それは、あたかも人類がもう既に絶滅したかのような、静寂であった。

奇一朗博士、正面のカメラを睨み付けると、

「ガタガタ騒ぐな！」

と一喝した。

言葉は怒髪天を衝き、宇宙へ飛んで衛星中継。どう翻訳したかは知らないが同時通訳。オヤジのカミナリは、空から世界中に降り注いだ。

ジッと携帯を見つめる貧困の少女。

凍り付く会議場のリイダア達。

顔を赤くする独裁者。

シュンとうなだれる渋谷の子供達。

奇一朗博士は言った。

「諸君。今さら狼狽えてみたって、仕方ないのである。諸君は、地球の危機だ、人類の滅びだと、今頃になって大騒ぎしているようだが、こんなものは今始まったものではないのであ

る。何を慌てておるのか？　人類の歴史が七〇〇万年。この惑星の歴史が四六億年。今、諸君が騒ぎ立てている危機などというものは、この惑星誕生と同時に既に始まっていたのである！」

　わかったようなわからないような、正体不明のこの言葉。気にしないったら、気にしない。トンチンカンチン奇一朗。

それからというもの、この大博士は、全人類を前にして、地球の始まり、生命の始まり、人間の始まりから、現在に至るまでの歴史を、実にたっぷりと、悠然と、時間をかけて振り返った。

　そして曰く、

「諸君は何の為に生まれてきたのか？　生まれた瞬間からその生の結論は死と決まっている。誰もかれもが死へと向かって進み始めるのだ。生は、すなわち死への過程だ。ならば、何故我々は生きるのか？　何故、病に倒れた人間を医学は救おうとするのか？　生物の宿命が、死へ向かって進むことであるならば、それに逆行する医学は無駄であるのか？」

　……無駄ではない。

とは、紛争地域の少女の心の声だ。

何故か知らねど無駄じゃない。私が心から望むのは、愛する者の生だ。少女は、根拠なき確信を持って、手にした小さな窓をジッと見つめる。

「諸君よ。人類諸君。何故生命は分裂を続けるのか？　誕生は分裂である。我々は元は母の身体の一部だった。誰もが自ら望んで分裂したのだ。誰もが孤独を望み子宮を脱出した。にもかかわらず、生まれ落ちた瞬間に恐怖で泣き叫ぶのだ。やがて、その泣き声は言葉となるが、我々は泣くことを止めない。我々は一生泣きやむことはない。この生涯に渡る泣き声こそが、この惑星のエネルギーだ。……わかるかな？　物質も、生命体も、全ては素粒子の結合で成り立っている。原子の核子と核子を結合させている核力こそ、エネルギーだ。物質は束縛を望み、安定を望むと同時に、この束縛から逃れ、収まったエネルギーを放出させることを望んでいる。ひとたび分裂が始まり、連鎖反応が起これば、その力は世界を全て破滅させるほどの破壊力を持つ兵器となる。つまり爆発だ。この爆発こそ、物質が新しく誕生した瞬間の泣き声だ。束縛から逃れようとするエネルギーは、すなわち、泣き声であり、力への意思でもある」

……その力を手に入れたい。

そう思ったのは、寒さに凍える裸の独裁者である。
白頭山の頂きに、生まれ落ちたる選ばれし我が身の、持つべきものは、まさにその力。
それは、分裂の為ではない。来たるべき再統合の為であるのだ、と。

「愛すべき人類諸君。束縛から逃れようと思いながら、何故我々は常に繫がろうとするのか。母の身体から解放されたその直後から、もう既に我々は、母にしがみつこうと、もがき始めるではないか。それもまたエネルギーである。我々は分裂するために結合し、結合するために分裂する。人類諸君よ。諸君をそのように動かしているものこそ、力への意思だ。諸君を他者との結合に導く原動力。母を求める意思。つまり、諸君が愛情と呼ぶものこそが、この惑星のエネルギーだ。そしてこの惑星を、この宇宙を誕生させたものこそが、諸君の呼ぶ、愛情だ。それはビッグ・バンと呼ばれるものだ。諸君の人生は、その全てが、この惑星がエネルギーを放出させている姿に他ならないのだ」

……マジ、ヤベエ！
どういう意味かはわからぬが、そう叫んで高揚し、お互いの手を強く握り締め合ったのが、一〇九の煩悩を持つ、八百八町の恋人達であった。

メエル、つぶやき、アメエバア。
四次元ポケットから取り出した道具を駆使した彼らの目的は、まさに結合ナリ。
たとえ身ぐるみ剝(は)がれても、その意思だけは携帯してると、素直に確信する、坂の途中の子供達であった。

「我が人類よ。人類諸君。文明とは分裂と結合の産物だ。共同体こそ、結合への意思だ。そしてその意思こそが、文明をつくる。共同体諸君！　今更己の文明を恥じるな！　時既に遅しだ。……いや。遅いも早いもない。全てのことは同時に起きてる。誕生は死の始まりだ。君達の開発した兵器を見よ！　その爆発は一瞬であろう。その中に始まりと終わりが同時に存在している。この宇宙も、それと同じ、爆発だ。人間の誕生も、惑星の誕生も、一瞬の爆発にしかすぎない。君達の創(つく)った歴史を思い出して見よ！　何千年の歴史が、一瞬でイメージ出来るだろう。天の星を見よ！　たった一粒の点にしか見えないだろう。一瞬の輝きにしか見えないだろう。あの点の中に、何億年の歴史がある。あの一点の光こそが、分裂と結合であり、エネルギー放出の姿であり、力への意思であり、君達が愛と呼ぶものだ」

……愛か……。

柄にもなくそう心の中で呟いたのは、ビッグアップルに集いし親分衆。渡るな危険。赤信号のリイダア達であった。

久しく聞いてなかったこの言葉。

愛とはなんぞや？　アイマイミイ。

L・O・V・E・ラブリイ・聖子！……おっと古いか。

AだかKだかBだかの、メディア選抜メンバアを決める、大々的な総選挙を勝ち抜いた選ばれたる者だけがそこに立てるという陽の当たるステージ。超高層ビルの最上階の会議場。飛行機以外は怖いもの無し。世界を見下ろすスウパア・サミット。二十四時間営業中の、参加することだけに意義がある会議に、揃いも揃った親分衆が、愛という気障な言葉を聞き、他国の顔色窺いながら、こっそり頭に浮かべたのは、何と皆同じ。仲良しこよしのストレエトフラッシュ。我が子が生まれた、あの日のメモリイ。

スウスウハアハア、ラマアズ法。水中出産、帝王切開。それぞれ形は違えども、思いは同じバアスデイ。

心残りを聞かれれば、まるで確率変動のスリイ・セブンのように、揃って二世の今後を思うGセブン・プラス・アルファ。満場一致の意見統一。

まさに、これこそ、第二の同時多発テロ。

静かな、静かな、革命のようであった。

「人類諸君。我が同胞よ。私が今まで語ってきたことは、この宇宙の原理であり、法則だ。そして我々の持つ本能であり、宿命だ。宇宙は分裂と結合を繰り返し、生は同時に死であり、力への意思は、誕生への意思であると同時に破滅への意思でもあるのだ。我々人類は、この原理、法則を見つけだすことは出来るが、創り出すことは、おそらく出来ないであろう。どれほど進歩したとしても、人類は、本能に逆らうことは、出来ないであろうと、私は考える。破滅が、我々が背負わされた宿命だとすれば、そこへ向かうしかないのだ。諸君よ。確かに我々は、全ての生物の頂点に立った。我々の生命を脅(おびや)かす生物は、どこにも存在しないと、そう思える程に。しかし、もし、小さな我々人類を創り出した大いなるものがあるとすれば。君達が神と呼ぶ、大いなる存在があるとすれば。この原理、法則を創ったのもおそらく、その大いなる存在であろう。そして、もしも、その大いなる存在が、我々の破滅を望んでいるのだとすれば、我々にそれに逆らう術(すべ)はない。その大いなる存在こそが、我々の天敵だからだ」

シーンと静まりかえった世界。

誰一人口を開く者はない。歌を忘れたウイ・アア・ザ・ワアルドに、もう一度、奇一朗は繰り返す。

「人類諸君！　神こそ、我々の天敵だ」

……もしも。

と心の中で呟いたのは、奇一朗自身であった。

もしも、宿命に逆らうことが出来たら。人類が、法則による束縛から分裂することが出来たなら。神から独立し、新たに誕生することが出来たなら。それはまたそれで、面白いわい。

何とも奇々怪々な奇一朗！

自分で言ったその言葉。言ったそばから覆す程の妄想。心の中では舌を出し。

世界に向けて不敵な笑みを浮かべると。

最後に一言こう言った。

「健闘を祈る！」

言うが早いか奇一朗。疾風怒濤のごとく舞台を降りた。

呆気にとられた、新人類。

ポッカリ空いたその口の形は、心に空いた穴と同じブラックホオル。アンコオルの祈りも届かず、見るも虚しい空舞台。恋のからくり夢芝居。まさに行く先の影は見えなかった。

どうやら演説、終わったようだと、キョトンと見つめる液晶画面。

はて？

奇一朗は、今何を言ったのか？

狐につままれ、ライオンに嚙まれ。それでも動物に罪はない。と、松島トモ子が言ったとか……。

野生の本能、切り捨て御免。

……まてよ、本能？

そうだ。本能だ。生物は、自らの持つ本能には逆らえない。

殺し合うのが宿命ならば、破滅へ向かう闘争本能。別れろ切れろと四の五の言わず、いっそ死ね。と、そう、あの奇一朗は言ったのではなかったか。

そうだ、確かにそう言った。

期待を寄せた大演説。結局最後は見放して、笑うゲゲゲの奇一朗。望みを繫ぐ蜘蛛の糸、プツリと切れて奈落の底。青ざめたのは、全人類。

天は我々を見放したのか？　いやいや、見放すどころか、天こそ敵だと、ジジイは言った。

まさしく！

敵ハ、本能寺ニアリ！……と。


北にいるのは裸の大将。放浪できない独裁者。

南は可憐なナイチンゲエル。砂にまみれた白衣の天使。

東は迷える子羊ばかり、数を数えりゃ眠くなる。

西には西側組長会議。子分に笑われ狼狽える。

まさに！　事件は会議室で起きているのではなかった！

愛想つかされ、三コスリ半。……じゃなかった三行半。置いてけぼりの人類の、様はあたかも南極ドッグス。天に光るは南十字星だ。


事件は、その通り、現場で起きていた。

☆

さて、世界中が呆気にとられ、声も出ない状態になり、地球が静止したかのように思えたその真っ最中でも、イクサだけは、止まらなかった。

戦争暇なし、子だくさん。年中無休の開いてて良かったコンビニウォオズだ。

奇一朗の言うとおり。宿命には逆らえない。これこそが、闘争本能のなせるワザ。

誰もが空の舞台を見つめ、溜め息をついていたその時も、血で血を洗う戦いは相も変わらず続いていた。


その戦場は、遥か南太平洋の沖。ガラパゴス諸島のその先に、波をチャプチャプ掻き分けて、ひょっこり浮かんだ名も無き小島。

まさにこの島こそが、会議場からは見えないが、無限に続く宿命戦争の最前線。

密林の中は、明けても暮れてもゲリラ戦。

南部戦線異状あり。油断大敵、一触即発の状態が、長い間、飽きることなく続いていたのだった。

さて、その深い森の中。ジットリ湿った地面の上に、息も絶え絶え、満身創痍。負傷した若い兵士が一匹、転がっていた。

この兵士こそ、若いながらも歴戦の勇者。狙った獲物は絶対に逃さない。飛行技術は世界一。

その名も！

音に聞こえし、撃墜王と呼ばれた者。

はてさて。この兵士。それほど高い飛行技術を誇っておきながら、ならば何故、こうして今は無惨にも、地べたに這いつくばり、その命は風前の灯火となっているのか？

盛者必衰、驕れる者は久しからずで、自らのテクニックに溺れたところ、敵に虚を衝かれ反対に撃墜されたとでも言うのだろうか？

否！　そうではない！

確かに、墜落したには違いないが、敵にやられたわけじゃない。

まさに無敗の撃墜王。敵に後を取られるような、そんな茶番を演じる飛行士ではない。

……いや。ある意味では、その真相の方が茶番か……。そう。茶番も茶番。大茶番劇だ。

聞いて驚け為五郎！

何とこの兵士。無謀にも、己の宿命に逆らい、天に牙を剝いたのだ！

兵士が、脈々と続くこの戦闘を、「不毛」と思い始めたのは、果たしていつの頃からだったろうか。

思えば、その初めから、そこに意味など感じてなかった。逢うは別れの初め。イクサといえども、それは同じ。兵士は、この戦いからの離脱を、あるいは、参戦当初から望んでいたのかもしれない。

その意思をハッキリと自覚したのが、たまたま空中戦のさなかだったというだけのこと。追いつ追われつ鬼ごっこ。必死に逃げまどう敵を、完全に射程距離におさめた、まさにその時。兵士はふと、目の前の獲物から目を逸らしたのだ。

「馬ァ〜鹿、馬鹿しい！」

と。

一抜け二抜けで、間が抜けた。

兵士は、己に課せられた使命に、己自身が何の意味も感じていないことを悟ったのだ。

ふとどき者の反逆児。

ソノ敵ヲ仕留メヨ！

とは、まさに天命。問答無用の大本営発令。それに背くは大逆である。

それでも兵士は、命に背いた。

血迷ったか？

敵から逸らした目は、転じて、天へ！

なんと兵士は、己が銃弾となり、その標的を、太陽の一点へと定め、

「我、狂う！」

と吠えると、頭を真上に上げ、垂直に太陽に向きあうと、

ぐん！　ぐん！　ぐんぐん！　ぐんぐんぐんぐんぐん！

天へ天へと、昇っていった。

それは、まさに特攻！

合い言葉は、

「ソラ！　ソラ！　ソラ！」

これが、茶番でなくして、一体何が茶番だろうか？

天に唾すれば、己に返る。これこそ原理。

案の定、兵士はアッ！　という間に空の藻くず。太陽に焼かれ、黒煙を噴きながら、急転直下、墜落した。

こうして、今や、虫の息。撃墜王から墜落王と変わり果て、横たわった兵士は、もはやこれまでと、かろうじてうっすらと開けたその目に差し込む木漏れ日を、眩しく感じているのであった。

辺りは静寂に包まれていた。

すると、微かに。

……ガサ……ゴソ……。

と、葉の擦れる音。

……何だ!?

と身構え、振り返ると……。

草むらの中。息を潜め、瀕死の兵士をジッと見つめる二つの眼があった。

敵である。湿地帯に潜むゲリラである。天敵である。

兵士がギロリと睨み付けると、敵は、

「ゲッ！」

と、思わず声を漏らしすくみ上がった。まるで蛇に睨まれたナントカである。

実はこれが、この宇宙の運命を変える重要な出会いであったことは、後々語ることにして、
今は前に進もう。

……なるほど。どうりで視線を感じるわけだ。

兵士は自分を嗤った。

無敵と恐れられた自分がこのざまか、墜ちたものだ、と照れ笑い。確かに、墜ちるには墜ちたが、ここまでとは。

随分前からその気配は感じてはいたが、それを敵と認識するに到らなかった情けなさ。このまま行けば負け戦。さてどうするか？

生きて虜囚の辱めを受けず。……と、考えたところで、ふと力が抜けて、また己を嗤った。

自分は天命に、たった今、逆らったばかりではないか。

何が任務遂行だ。勝つも負けるも他人事。断ち切った本能に戻ってどうする。

……我狂う、故に我有り。

そう心で呟くと兵士はもう一度草むらに目を向ける。そこには、今もずっと、襲うでもなく逃げるでもなく、こちらを観察し続けているへっぴり腰のゲリラの気配。

兵士は低い声でゲリラに一声、

「オレに近寄るな。こんな体になったとはいえ、お前達の敵う相手ではない」

そう呟くと、大胆にも、ゴロリと横に転がった。

何と豪快なことであろうか。腐っても鯛（たい）。墜ちたとしても、撃墜王に変わりなし。

あとはどうなろうが、それこそ天まかせ。

このオレに恐れをなして逃げるも良し、決死の覚悟で襲ってくるも良し。

手負いとはいえ、あんなザコにどうこうされる自分じゃない。襲ってくれば獲（と）って喰うのみ。と、古巣の空を見上げ、天下太平。夢は枯野を駆けめぐるの境地だ。

一方こちらは、夏草の中、兵士に一声かけられ、竦（すく）んだ体は置物のように動かないままだが、その両眼はカッと見開き、瞬（まばた）き一つしないで、食い入るように兵士を見つめるゲリラ一匹。

実はこのゲリラも、こっちはこっちで、一筋縄ではいかない難物であった。

兵士が反逆児なら、こちらは異端児。

その身は迷彩に包まれながらも、一皮剝けば学者肌。突然変異か、落ちこぼれ。

このゲリラ。戦闘よりも学問に興味があった。目の前の敵よりも、物理法則に文句があった。

学者とは言ったが、要は、跳ぶより飛びたいと夢想する、いつの時代もいた大馬鹿者である。飛びます！　飛びます！　55号。

日がな一日戦いもせず、空を横切る飛翔体をウットリ見つめ、今に見ていろ僕だって……と思いを馳せるデイドリイム・ビリイバア。

同胞からは鼻つまみ者とされ、理解されないはぐれ者。天命に逆らい、強制参加の生存競争から外れた、その態度は、正真正銘飛行少年。

見上げた両眼は空色に染まり、その前に、降ってきたのは墜落兵士。興味津々、無我夢中。恐怖以上に好奇心に逆らえず、その体は冬眠中であるかのように、微動だに出来ず強ばっていた。

「あなたは、ボクと同じだ」

これは、その時のゲリラの発した言葉である。意を決して草むらの中から兵士に話しかけた。

「……何？」

兵士は顔だけそちらに向けると、ゲリラの眼を見つめる。

小者だ。

小者だが、何か言い知れぬ気迫。そして共鳴。

小者は更に呟いた。

「ボクらを創った何者かに、定められたものを拒む。あなたはボクと同じ種族だ」

「フッ……」と兵士は笑うと言った。

「宿命に逆らえると思うか？　このオレの体を見ろ」

不様としか言いようのない傷だらけの体。

すると、小者であるゲリラは、闇の奥から跳び出して、何と兵士に近づいた。

射程距離内。禁断の領域。

小者は、

「確かに、ボクらの体はこの星に縛られているが、意思は自由だ。ボクらの心は、どこまでも自由だ。誰にも縛ることは出来ない」

と、何かの境界を飛び越えた。

兵士には、この言葉だけで充分であった。

運命の……ではなく、運命の外の出会いであった。

兵士は、その白い翼に小者を乗せた。

……傷は負ってるこの身だが、まだ飛べる……。

と。

　こうして！

　南十字星の下。名も無き島から、小さなアマガエルが、天敵である傷ついたシラサギの背中に乗り、サッと空へ飛び立った！

　誰も知らない世界の片隅で、己の本能に背いた天敵同士！

　この、何でもない出来事こそが、実は生物が、用意された本能に逆らい、神から分離した新たな法則が誕生した瞬間であった！

　飛び立った瞬間。シラサギは、天に向かって一声、

「クワッ！」

　と、鳴いたが。

　もちろんこの鳴き声を聞き取った人類など、いやしない。

　あの大演説をした、あの大ボラ吹きの天才、風間奇一朗博士にしても、この出来事を何とか推定出来るようになるのは、まだまだ先の話だ。

さて！　この後、新たな地に降り立った手負いのシラサギと、ちんけなアマガエルというこの二匹は、なんと！　そこで新しい世界を創り始めた。

それは、本能に捕らわれない新たな生存社会だった。

するとこの地球に、ある小さな、本当に小さな変化が起きた。

何でも始まりは小さな変化だ。

その小さな変化がきっかけとなり、生態系を少ォ〜しずつ変え、ゲテモノから鳥、鳥から畜生へと、スルッ……スルスル……スルスルスルスルッ！

繋(つな)がって食物連鎖！

それが、生物の宿命を変え、新たな原理を創り出し、

やがては！

何と、崖(がけ)っぷちに立たされていた人類を救うまでの変革を巻き起こす大騒動に発展するという、驚きの大展開！

誰も知らない世界の片隅の、誰も知らない小さな動物達の、健気(けなげ)で勇気ある〝変化への意思〟が、この〝宇宙そのもの〟をブンブン振り回すことになるという一大絵巻！

いやはや。

人類諸君！

こ〜れ〜か〜らァ先が面白いんだが……。

残念！

ちょうど時間となったようだ。その顛末（てんまつ）については、またの機会に。

本日はここまで！

ネズミ

そこは青年の通う学校でした。

物音一つしない広いフロアには、午後の、のんびりとした日の光が差し込んでいます。

学校のカフェテリアは、無数に横たわる死体で埋まり、部屋全体が真っ赤に染まっていました。

惨劇の直後で、通報を受けた警察も、まだ踏み込んでいいものかどうか迷っている。そんな時間でした。

おびただしい数の死体の中に、青年自身の死体もありました。

青年は、

「俺を傷付けたお前達に復讐してやる。俺は神だ！」

と叫び、散弾銃を持ち、学校に乗り込み、手当たり次第に目の前にいる人間を殺したのです。

そして最後に、自分自身をも殺したのでした。

銃声と悲鳴がおさまり、辺りは静寂につつまれていました。

本当に静かで、怖いぐらいでした。

それはそうです。ここには今、誰一人として生きている人がいないのですから。

ところが……。

何も動くものがないはずのフロアで、よく見ると、何かが動いていました。

青年の死体の横で何か……黒い影のようなものが、モゾモゾと動いていました。

とがった耳、耳まで裂けた口、黒い羽。

それはたった今、青年の体からはい出してきた悪魔でした。

悪魔は、膝(ひざ)を抱えて青年の傍らに座り、死体をジッと見つめました。

やがて、窓の外へ目を移すと芝生の向こうにうっそうとしげる木々がキラキラと太陽の光を浴びているのを見つめました。

「……静かだ……」

と、悪魔は呟(つぶや)きました。

なんとも場違いな、のどかさが、漂っていました。

悪魔は空を見上げました。雲一つ無い空でした。

「……この世界は美しい……」

悪魔は自分で自分の言ったセリフに思わず笑いました。

今のセリフがあまりにも自分に似合わないと思ったからです。

そして再び空を見上げ、

「神よ……お前の創ったこの世界は、相変わらず美しい……しかしお前も罪作りなやつだ。また一人、お前に憧れた愚かな人間が死んだ。お前さえいなければ、この悲劇は起きなかったろうに……」

そして、空に向かって叫びました。

「どうだ！　お前も死んでみては！」

悪魔は大声で笑いました。可笑しくて堪らない、といった感じでした。

異常な笑いがおさまると、悪魔は、

「……また、宿主をさがさなくては……」

と、ボソッと言いました。

悪魔というのは、まるでヤドカリのように、人間の体から体へと移り住みながら生きている生き物なのです。

それを繰り返して、何千年もの間、人間の社会の中で過ごしてきたのです。

悪魔は、遠い目をして思い出に浸りました。

「ああ、ファウスト。お前が懐かしい。お前と一緒に旅した日々が……。お前はこの世界の全ての人間の人生を自分のものにしようとしたんだったな……。なんと、愚かだったことか。なんと俺好みだったことか……。お前と歩んだあの日々。今でも思い出せば、笑いがこみ上げてくる……」

悪魔は一人微笑むのでした。

「……ラスコーリニコフ。お前の無邪気さ、純粋さ。なんと子供じみていたことか……。お前と出会った時の俺の感動よ！　どこまでも無垢で、気高く、お前はうじ虫であること、当たり前の凡庸な存在であることから、逃げだそうとした。お前の挑戦の素晴らしさ。俺は忘れられない……」

悪魔は、目を涙で潤ませました。そして、

「おお、ムルソー。お前のあの勿体ぶったセリフ。……太陽が眩しかったと。だから殺したと……。なんてキザなやつ。なんという、いけ好かないやつよ。……素晴らしい恥知らずよ！　自己満足の極み!!　奇っ怪な、そしてなんて平凡なお前の望みよ！」

悪魔は瞳を閉じました……。

「……あぁ、……あぁ、そしてアドルフ……我が最愛の息子、アドルフ・ヒトラーよ。……

俺は今でもお前を愛している。お前の美意識……。お前の誇り高き魂……。気高さ、醜さ、弱さ、愚かさ、……お前こそ俺のうつし身だった。お前の闘争は、俺の理想だった。美しき薔薇。お前は俺そのものだった。何故だ！　何故人間とは、ここまで単純で凡庸なのか！　我が息子よ。お前の存在が俺をどれほど落胆させ、喜ばせただろう……。お前の不在の寂しさよ。俺の孤独がお前にわかるか？……お前が生まれた日の俺の喜びがお前にわかるか？　あの日、俺は初めて、神に感謝したのだ!!」

　悪魔は再び、あの異常な高笑いをしました。

　真っ赤な、死体だらけのカフェテリアには、いつの間にか大勢の人が入ってきていました。もう、犯人は生きていないようだということで、安心して警察が踏み込んできたのです。

　入って来るなり皆は立ち止まり、目の前に広がる光景に恐れおののきました。

「……これは……地獄だ……」

　何度も殺人現場を見たことのある警察の人間でも、これほど恐ろしい世界を目の当たりにするのは、初めてだったのです。全員が一刻も早くこの場所から逃げ出したいと思いながら、死体を調べたり、生存者はいないか、確認したりという仕事をしました。

　そして、悪魔はそんな彼らのすぐ近くで、相変わらず高笑いをしていました。誰にも、悪魔の姿は見えていないようでした。

「ふっ。平凡な。なんと平凡な人間よ……」

悪魔はそう呟くと、真っ黒で大きな翼を広げ、大空に羽ばたき、あっという間にいなくなりました。

一瞬、カフェテリア全体に恐ろしい風が吹いたような気がして、警察官の何人かは、その場に嘔吐(おうと)しました……。

……ここに、一人の少年がいました。

少年のあだ名は、〝ネズミ〟でした。

あだ名の通り少年は、小さくて、どこか薄汚れた感じで、周りの人からは醜いと言われていました。

ネズミはいつも一人でした。誰もがネズミを「気持ち悪い」と言いました。

中学校では誰もネズミと話そうとする人はいませんでした。

ネズミに触るとバイ菌がつく。

と皆は言うのでした。

授業中も、休み時間も、給食の時間も、ネズミは一人ですごしました。

学校へ行く時も、帰る時も一人でした。

そして、今日も学校からの帰り道。

「おい！　ネズミ！」

突然、そう呼ばれたかと思うと、ネズミは背中を思いきり蹴飛（けと）ばされて前につんのめり、倒れました。

「エラそうに道の真ん中歩いてんじゃねえよ！」

倒れたネズミのカバンの中から教科書やノートを取り出して道の上に放り投げたのは、いつもネズミをいじめるクラスメートのグループでした。

ネズミが散らばった教科書やノートを拾おうとすると、前から一人がネズミの腹を蹴り上げました。

「うっ」

と、うめいてネズミは再び倒れました。

もう一人がネズミのカバンの中から一枚の紙を取り出しました。

「なんだよ、これ。気持ち悪いな！」

それはネズミがノートに鉛筆で描いた自画像でした。

とても奇っ怪な、確かに醜い顔の絵でした。

「こんな絵描いてんじゃねぇよ！　気持ち悪いんだよ！」

クラスメートはネズミの絵をビリビリに破きました。

ネズミは何も言わずに倒れたまま、みんなのやることを見つめていました。

ネズミの描いた絵は目の前で紙吹雪になって飛んでいきました。

ネズミには自分の絵の破片が空に飛んでいく様子がとても面白く見えて思わずニヤッと笑いました。

「てめえ！　なに笑ってんだよ！　笑ってんじゃねぇよ！」

クラスメート達は、ネズミを再び、みんなで蹴りました。腹を何度も蹴られてネズミは思わず、胃の中のものを吐きました。

「汚ねぇな！　てめぇ！　吐いてんじゃねぇよ！　気持ち悪いんだよ！」

皆は口々にののしりました。一人は、ネズミのカバンをネズミに叩きつけました。そして皆去っていきました。

ネズミはしばらく動けなくて、ジッと道に寝ころんでいました……。

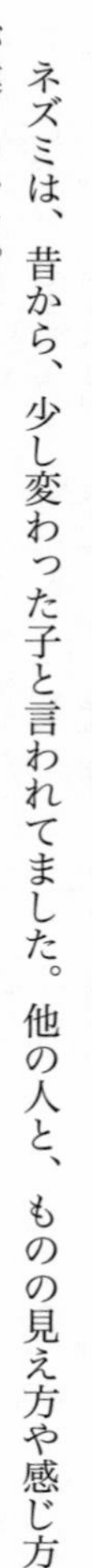

ネズミは、昔から、少し変わった子と言われてました。他の人と、ものの見え方や感じ方が違うのです。

みんなが綺麗というものが、ネズミには綺麗に見えなかったり、逆にみんなが醜いというものが、ネズミには綺麗に見えたりしました。みんなが楽しいと思う時に、ネズミは不機嫌そうにしていたり、みんなが悲しいと思う時にネズミは一人で笑っていたりしました。

それにネズミは確かに少し意地悪で、頑固な部分がありました。

例えば、国語の授業で取り上げられた小説について、みんなが感動したという感想を言っていたりすると、そんなみんなのことを意味ありげにニヤニヤして眺めていたりするのでした。

そして先生から指名されて感想を聞かれると、

「つまらない話だと思う」

と、言ったりするのでした。

クラスのみんなには、ネズミがわざと言っていることが伝わりました。

「お前、わざと目立とうとしてアピールしてんじゃねえよ！」

誰かが言うとネズミは、

「はあぁ!?」

と、大げさに憎たらしい顔をして見せたりするのでした。

そんなネズミをみんなは、ののしるようになり、やがて、殴ったり蹴ったりするようになりました。

先生も、クラスの中で毎日暴力が繰り返されていることに気付いてましたが、注意することはありませんでした。

以前に一度、ネズミを心配して、

「お前、何か困っていることがあるんじゃないか？」

と聞いた時に、ネズミは、

「え？　俺が？　何を困ってるの？」

と言いました。先生が、

「……それは、私にはわからない。だからお前に聞いてるんだ」

と言うとネズミは、

「わからないんだったら、聞いてもわからないんじゃない？　だったら、説明してもきっと、一生わからないよ」

と言いました。

とても憎たらしい言い方でした。

先生はこの頃から段々とネズミを避けるようになりました。そして今ではネズミが暴力を受けているのを知っても、その問題に関わらないようになりました。

ネズミは卑屈で頑固で、自分が思ったことを絶対に曲げようとしませんでした。

クウキガ、ヨメナイヤツ。

ネズミは、皆からそう呼ばれてました。

毎日、殴られて、蹴られて、無視されて。

だからネズミはいつもイライラして不機嫌でした。

ネズミは自分を殴るクラスメート達を恨み、殴られている自分を傍観しているクラスメート達を恨み、先生を恨み、いつか見返してやりたいと思っていました。

自分が受けた、悲しみや、苦しみを、理解させてやりたいと。

そしていつか、自分の周りの連中に、この世界に復讐（ふくしゅう）したいと。そう強く思っているのでした。

そんなネズミにも、一つだけ、楽しいことがありました。

それは、絵を描くことでした。

ネズミは、家でも、学校でも、ヒマさえあれば絵を描いていました。休み時間も、放課後も、ネズミは学校の美術室に行って絵を描いていました。

誰に習ったわけでもない、勝手な描き方でした。

ネズミは、ただ、自分の思うとおりに絵を描いていました。

思い通りに絵を描くのが、とても気持ち良かったからです。

怒りも悲しみも喜びも楽しさも、全て真っ白のキャンバスの上に叩きつけていました。

いつからか、ネズミがそこにいる時は、誰も美術室に近寄らなくなりました。美術の先生ですらもです。

美術室は、ネズミが占領しているようでした。

しばしば、職員会議で、そのことが、先生達の議題になりました。

休み時間や、放課後の時間、一人の生徒に美術室を勝手に使わせているのは、いかがなものか？　と。

　先生達は、時々ネズミに注意しましたが、ネズミはそこで絵を描くのをやめようとしませんでした。

　先生達は困っていましたが、皆、ネズミがいじめられているのを知っているので強硬にネズミを美術室から追い出そうということもしませんでした。

　皆、そこでネズミがおとなしくしてくれているならば、それでいいじゃないか、と思っていました。誰もが、なるべくネズミに関わりたくはないと思っているのでした。

　だから、この問題は、先生達の間では、

「そのうち、なんとかしましょう」

　ということになっていました。


　ネズミの描く絵は、いつも、奇っ怪な絵ばかりでした。

　その絵は誰が見ても美しくなく、ちっとも良いと思えませんでした。

　描かれているのは動物の死体や、何だかわからない汚物のようなものばかりで、誰もが目を背けたくなるような絵ばかりでした。

　でも、ネズミはとても自分の絵が気に入っていました。

ネズミは人が、汚いと言って目を背けるようなものをジッと見つめるのが好きでした。

動物の死体や、汚物の中に、自分自身の断片が入っていると感じました。

ネズミは、汚物の中にある自分の断片を見つめることが楽しかったのです。

ネズミは、自分が大好きでした。

ネズミはよく、鏡で自分の顔を見つめました。皆からは醜いと言われたその顔を、自分ではまんざら醜くもないと思っていました。

ネズミは鏡を見つめ、よく、

「ニッ」

と笑ってみるのでした。

そうすると顔は歪み、目が細い線のようになり、鼻の周りに皺が寄り、赤黒い歯茎がむき出しになり、ますます醜いと言われる顔になりました。

ネズミはそんな自分の顔が、面白いと思いました。

そしてその顔を、よく絵にしました。

出来上がった絵はやはり、皆から醜いと言われるのでした。

また、ネズミはよく、花の絵も描きました。

それは、誰が見ても、とても花には見えず、醜い化け物のように見えるのでした。
それをネズミは、花だと言い張り、言い張ることによってますます、皆からいじめられるのでした。

そんなネズミのところに、悪魔はやってきました……。

……全身殴られて、蹴られて、道ばたに倒れ動けなくなっているネズミを、悪魔は、すぐ傍らで、ジッと見つめていました。
悪魔はネズミの心の中を覗き込んでいたのです。
「何という憎しみか。……ネズミ。……フフ、ネズミか……。いいではないか。……お前の美意識。お前の独りよがりよ。……いいではないか。この手応え。……ネズミ、ネズミよ。……お前こそ、次なる我が主……」
悪魔はそう呟くと、ひとっ飛びに学校の美術室に飛んでいきました。

誰もいない美術室には、ネズミが描きかけた絵が置いてありました。

悪魔はそれに近づくと、絵の中に、真っ赤な薔薇(ばら)を一輪描き加えました。

それは、〝悪の花〟という、とても美しい薔薇でした。

見た者は、必ず誰もが美しさに魅了されるという、〝悪魔の薔薇〟でした。

悪魔は、悪魔の薔薇を、ネズミの絵に描き加えたのです。

そうして、人々が、薔薇を描き足されたその絵を見て絶賛し、ネズミが地位と名誉を手に入れた瞬間、悪魔はネズミの心に入り込み、体に入り込む。

そういう計画でした。


明くる日。

最初に絵を発見したのは美術の先生でした。先生はその絵の中の薔薇を見て、思わず息を飲みました。

薔薇は気高く、誇り高く、人を寄せ付けないようでいながら、しばらく見ていると、こちらに微笑(ほほえ)んで、誘っているようにも見え、手にとって触れてみたいと感じさせました。

「……なんて、美しい……」

先生は、絵の前で立ちつくし、ただただジッと薔薇を見つめていました。

やがて他の先生が廊下からその様子を見て、美術室に入ってきました。

「先生、どうしたんですか？」

言葉も出ずに、恍惚とした顔で呆然としている美術の先生の視線の先を見ると、

「……あ！　これは……」

その先生も、薔薇を見た途端動けなくなりました。

やがてそうやって、一人増え、二人増え、登校してきた生徒達も、皆、絵を見つめ、いつの間にか絵の前には、人だかりが出来ました。

絵の中の薔薇は、見つめる人が増えれば増えるほど、輝きを増していくように思えました。まるで自分を見てもらうことを喜んでいるかのようでした。


「……この絵を、……あのネズミが……」

「……こんなに美しいものを見たことがない……」

皆は溜め息をつきながら、口々に呟きました。

「……素晴らしい、とても、素晴らしい……」

誰もが、言葉にせずにはいられませんでした。

そこへネズミが登校してきました。

ネズミは、傷だらけで、とてもひどい気分でした。

だから、どうしても今日は、美術室にある、描きかけの自分の絵の前に立ちたかったのです。

ところが今日に限って、美術室の前にはたくさんの人だかりができていました。

……いったい何の騒ぎだろう。

ネズミはわけがわかりませんでした。

そのうち、誰かがネズミに気付くと、皆、振り返ってこちらを見つめました。そして、黙ってネズミに道を開けました。

ネズミは、不思議に思いながら、恐る恐る前へ進み、自分の絵の前に出て行きました。

その時、ゆっくりと悪魔が舞い降りてきて、ネズミの背後にピタッと、寄り添うように立ちました。

誰かが感動で震える声でネズミに聞きました。

「……ネズミ。……お前が、これを、描いたのか？……」

するとネズミは、

「え？」

と言って絵を見つめるなり、

「ゲッ！　何だよこのダサイ花！」

と、近くにあった一番太い絵筆を持ち、たっぷりと黒の絵の具を付けると、思いきり薔薇に叩きつけました。

ビチャッ！

「あっ!!」

見ていた人達は皆、絶句しました。

悪魔の薔薇は、一瞬にして真っ黒で大きなただの汚いシミに変わってしまいました。

その瞬間、ネズミの背後にいた悪魔は、

……キュウ……

と言って死んでしまいました。

「おい！　お前、何やってんだよ！」

「消してんじゃねえよ！　このバカ！」

周りからは一斉に怒声があがりました。

皆、声を限りにネズミに罵詈雑言を浴びせました。

中には泣いている人もいました。

この一件以来、ネズミは今まで以上に皆にいじめられるようになりました。

しかしネズミは、どんなにいじめられても、決して彼らに、〝彼らと同じ方法〟で報復しようとはしませんでした。

それは、ネズミの美意識が許さなかったのです。

その後もネズミは、ずっと嫌われ者のネズミのままでした。

やがてネズミは画家になり、その後も、何枚も何枚も絵を描き続けました。大人になってからもネズミは、相変わらず人に顔をしかめられるような人物であり続けました。またネズミの描く絵も同様に、人々が見れば顔をしかめるような絵であり続けました。

でも時々、ネズミの絵の中に、自分の断片を見つけ、共感する人達がいました。

それはネズミが死んだ後も続き、その後何百年経ってても、ネズミの名前が忘れられることはありませんでした。

魔女

タバサは裸で、処刑台の太い柱に縛り付けられていた。柱の下には、火をつける為の薪が積まれている。

タバサの両腕は柱の後ろで縛られ、動く度に縄が腕を締めつけた。

空は快晴だった。真夏の日差しがタバサのまっ白な体をジリジリと焼いた。

この小さな町の中心にある広場。その真ん中に処刑台はあった。

周りを大勢の人々が取り囲んでいる。

町の人々だ。

皆、醜いものに向けるような蔑んだ目で、タバサの顔と、体を、しげしげと、舐め回すように見つめていた。その体のどこかに、魔女の証しである刻印が刻まれているのではないかと探していたのだ。

魔女を狩り、裁く。

いつ誰が始めたのか、人々の中にそれを知る者は誰もいなかった。また、人々の中に、誰一人として、魔女が使うとされる魔法や奇跡を実際に目にした者はいなかった。

風習は、空気と同じように、当たり前に民衆の中に息づいていた。

人々は常に何かを恐れていた。しかし自分達が何を恐れているのかを説明出来る者はいなかった。人々は自分達の恐れを消すために処刑を繰り返した。繰り返せば繰り返すほど、恐れは、消えるどころかますます増していった。

誰もかれもが、いつでも群れをなし、民衆の側にいようとした。それが彼らにとって安全な場所だったからだ。

誰もが息を潜め、見る側にいたかった。しかしいつ自分が見る側から、見られる側に差し出されるかわからなかった。その恐怖が町全体を包んでいた。

タバサは今、民衆に見られていた。

うっすらと目を開けて、人々を見返した。

町に住む者の大半が其処に集まっていた。

その中には、悲しそうにタバサを見つめる顔もあった。

ボンヤリと、自分を見つめる顔を眺めていたタバサはふと、人々の中によく知っている顔を見つけた。

……ああ。あれは……。

そこにいたのは、ウォルトンおじさんだった。隣には奥さんのジャニスおばさんもいた。

二人は本当に親切にしてくれた。父が死んでからは特に、母とタバサの生活をいろいろと助けてくれた。

そのたびに母は申し訳なさそうに言うのだった。

「ねえ、ジャニス。私達のことにはもう構わないで。もしもこんなことしてくれてることがわかったら、あなた達までこの町に住めなくなってしまう」

ジャニスおばさんはそんな母に言った。

「気にすることないよ。そうなったらそうなったで、みんなでこの町を出て行けばいいんだから……」

ジャニスおばさんがそう言うのを聞いて、タバサは思った。

……あたし達が何をしたっていうの？　なぜ、あたし達に優しくするとおばさん達が、この町に住めなくなるの？……と。

父が死んでから、人々の母に向ける目が少しずつ変わっていった。

父の死は突然だった。

父は、地味で寡黙で働き者の農夫だった。

優しく、逞しく、いつも笑っている人だった。町の人々は皆父を信頼し、誰もが父を愛した。決して器用ではないが、困っている人がいればいつまでもその人の話を聞いて、一緒に苦しむ人だった。気の利いたことが言えるわけでもないが、一生懸命言葉を探して、その人を笑わせようとする人だった。

母もタバサも、そんな父を誇らしく思っていた。

父は、ある朝、納屋で胸を押さえて倒れたまま動かなくなっていた。

「神に連れ去られたとしか思えない」

と、人々は言った。

もう少し、時代が違っていたなら。誰もが心臓という臓器が、そうやって突然停止することがある器官だということを理解していただろう。

しかし人々の知識はこの時、この世界ではまだそこまで及んでいなかった。

「あれほど逞しかった男が、何の予兆もなく死ぬなんて」

人々は深く悲しんだ。タバサと母と同じように。

時間が経つにつれ、タバサと母の悲しみは深まっていく一方だったが、人々の悲しみは徐々に薄れ、少しずつその姿を変えていった。

悲しみから、不安。そして恐怖へと。

「呪い」

「魔術」

そんな言葉が人々の口にのぼるようになった。

人々が恐れたのは、母の美しさだった。

母は、魔法のように美しかった。

金色の髪は、太陽の光を浴びるといっそう眩しく発光した。

普段控えめで、決して自分を飾ったり、何かを自慢したりすることのなかった父が、母と歩く時だけはいつも誇らしげに、胸を張って歩いた。

「見てくれ。奇跡のようだろ」と。

母の〝奇跡のような美しさ〟が、父がいなくなると、今度は人々に疑心を抱かせる原因となった。

人々は母を見て、囁きあった。

「夫が死んでから、あの女はますます美しくなっていないか？」

人々の言うとおり、〝悲しみ〟は、不思議な作用で母の美しさを研ぎ澄ましていったのだった。

「本当だ。あの美しさは天使か、あるいは……」

「魔女」

それは、母に向けられ、やがてタバサにも向けられるようになる、刃(やいば)の言葉だった。

……魔女！

ハッとして、タバサは我に返った。

広場では、処刑の時間が刻一刻と迫っていた。

人々が、自分を見つめている。

ウォルトンおじさんと、ジャニスおばさんの目が「ごめんね。ごめんね」と言っている。

……謝らなくてもいいわ。あたしは何とも思ってないもの……。

二人がタバサと母を魔女と呼んだわけではない。

二人は「魔女などいない」と言ってくれた。

「いるわけないさ」

と、ジャニスおばさんは言った。

「町の連中は、あんたが今でもこうして綺麗なことを嫉んでるのさ。夫を亡くした妻は、もっとそれらしくあるべきだってさ。だからあんたを傷つけたいんだ。でも、だからって、あんな恐ろしい噂を流すのは……」

「やめろジャニス」

と、ウォルトンおじさんが止めた。

「恐ろしい噂？」

母は言った。

「ねえ、ジャニス教えて。恐ろしい噂って何？　みんなは私について何て言ってるの？」

ジャニスおばさんは、躊躇しながら母に言った。

「……あんたが、自分の夫を殺したんじゃないかって……」

それを聞いて目を閉じた瞬間の、母の発光するような美しさにタバサは息を飲んだ。もともと透き通るほど白かった母の顔から血の気が引いて、その白さはタバサから見ても恐ろしい程に、まるで本当の魔女のように見えた。

「……き、気にすることないよ。魔女なんかこの世界にいるわけないんだから」

ジャニスおばさんは怯えるように母に言った。


……そう。魔女なんかこの世界にいない。それはこのあたしが一番良く知ってる。

タバサは思った。

……でも、だとすれば……このあたしは何だろう。何故ここで磔にされているんだろう。

魔女は現実ではないのに、魔女の処刑だけが現実であることがタバサには不思議に思えた。

……魔女はどこにいたんだろう。

もし魔女が存在しないのだとすれば、今までこの世界で繰り返されてきた処刑は何だったのか。死んでいった人々は誰だったのか。

……もし、〝魔女〟という言葉さえ、この世界に無かったとしたら。

とタバサは思いをめぐらす。もしかしたら母も自分もこうして裁かれることは無かったのかもしれない。

ただ〝魔女〟という〝言葉〟が先に、この世界にあり、その言葉を現実にする為に人は魔女を探しはじめたのだ。いるはずもないのに。

言葉の意味は恐怖を伴って、人々の意識の奥底に根付き、伝染し、〝人々の意識〟が、やがて目に見えない大きな怪物になり、誰にも止められない暴走を始めた。

誰もが、大きな意識の一端を担(にな)っているのに、誰一人として怪物の正体を知る者はいなかった。

「ごめんね。ごめんね」

ジャニスおばさんとウォルトンおじさんの目がそう訴えていた。

……謝らなくていいわ。

タバサは何度もそう思った。この世界にいる限り、誰もその〝意識〟に逆らえないんだから……。それがこの世界なんだから……。

タバサはそっと二人の顔から目を逸(そ)らし、ボンヤリと、別の場所を見つめた。

するとそこにはまた、タバサのよく知る顔があった。

そこでタバサを見つめていたのは、アリスだった。

アリスはタバサの親友だった。幼い頃は、毎日二人で暗くなるまで過ごした。笑い合い、花を摘んだ。

空や木や草は、タバサとアリスを祝福するようにそこにあり、二人を包んだ。

アリスは、タバサより自分が少し太っていることをいつも気にしていた。痩せっぽちだったタバサは、アリスが、自分より柔らかくて、優しく思えて羨ましかった。だから何度もアリスにそれを伝えた。

アリスはそのたびに、嬉しそうに笑った。

今。タバサを見つめるアリスは、すっかり大人になって、美しくなっている。

そして、涙を流している。

……泣かなくていいのに。アリス。あたしは悲しくないわ。あたしは……。

ふと、アリスの隣に立つ人物を見た時、タバサは息がつまった。

心臓が、何かで突き刺されたような感じがした。

……ロビン……。

アリスの兄だ。

ロビンは、タバサが密かに思いを寄せた青年だった。

タバサはアリスにすら、その思いを打ち明けることは出来なかった。でも、アリスはきっとタバサの思いに気づいていた。

アリスはいつも、それとなくタバサに兄のうわさ話をしてくれた。

学校の成績が良かったこと。

ある時、ケンカして痣（あざ）だらけになって帰ってきたこと。

母から受け継いだタバサの金色の髪を「魔法のように綺麗だ」と誉（ほ）めてくれていたこと。

……なぜ？

タバサは顔を伏せた。

……なぜ、こんなあたしの姿を見に来たの？

タバサは今、裸で縛り付けられている。

晒（さら）し者にされている。

目の前には、成長して大人になったロビンがいる。

大人になったのは、ロビンだけじゃない。自分もあの頃の自分とは違う。

二十歳になり、あの頃とすっかり変わったありのままの自分の体を、こんな形で今、ロビンが見つめている。

タバサの手は柱の後ろで縛られ、快晴の空からは、太陽が容赦なく体を照りつけている。

何一つ、その体を隠す手段は無かった。

……嫌！

タバサは強く目を閉じた。

🎀

「魔女の娘」と、呼ばれ始めたあの頃。

密かにロビンを思い続けている自分が惨めだった。

眠れぬ夜に、思うのはロビンのことばかりだった。

何かを恐れて、静かに人々がタバサと母から離れていき、やがて徐々にアリスとも会う機会が失われていった。アリスはタバサに話しかけようとしたが、タバサ自身がそれを拒否した。自分の近くにいることで、アリスが後ろ指をさされ、傷つくことはとても耐えられない。

たとえ言葉を交わさなくても、顔を見られなくなっても、いつもアリスは心の中にいる。

ずっと変わらずこの胸にいる。

……それでいい。

とタバサは思った。

しかし、ロビンへの思いは、自分でも恐ろしいほど胸から溢れた。

……今、どうしているのだろう？　あたしを、どう思っているのだろう？

どんな時でもロビンの笑顔が心に浮かび、どうしても打ち消すことは出来なかった。

この強すぎる思いは、いずれこの胸を突き破り、自分自身を破壊し、その先でロビンをも破壊してしまいそうに思えて、恐ろしかった。

愛情のはずなのに、憎しみのようで。

心の中で毎日唱える「ロビン」という言葉は、まるで本当に呪(のろ)いのようで。

抑えきれない心は、凶暴な怪物のように思えた。

気がつくと紙に「ロビン」と書いている自分がいた。その隣に自分の名前を書く。そしてもう一度「ロビン」と書く。タバサは何度も繰り返した。

それは、ただの名前なのに、ただの言葉のはずなのに、文字は文字に見えなかった。まるで生きているようで、そこに書かれている文字自体が人格を持っているようで、輝いて見えた。もう見るのをやめようとしても、やめられなかった。もう書くのをやめようとしても、もう一度だけ、もう一度だけと、タバサはロビンの名前を書き続けた。

やがて紙は一面、ロビンの名前で埋め尽くされていき、タバサはハッとした。

気がつくと、紙は、真っ黒になっていた。

暗黒のような紙は、恐ろしく、醜い自分の〝心そのもの〟のように見えた。

あれほど美しく、眩しく見えたロビンの名前だったのに。小さな名前が、隙間無く並んだことで、純白だった紙をこんなにも汚した。

涙が落ちると、文字は滲んでさらに汚れていった。

一晩中、時間を忘れてロビンの名前を刻み続けている自分を、タバサは人間とは思えなかった。自分の行為を、人間の行為とは思えなかった。

それは何かの儀式のように思えた。

……あたしは……魔女？

ただの言葉だったはずの〝魔女〟に、現実が必要だったことと同じように、現実の〝ロビン〟を、ただの言葉にすることは出来なかった。

……もしもあたしが本当に魔女なら……。

ふと頭をよぎったその考えを必死で打ち消すようにタバサは目の前の紙を思いきりクシャクシャに丸めた。

……もしも魔女なら、どうだというの？　ロビンを自分のものにするとでも言うの？

タバサは自分が恐ろしくなった。

……あたしは、魔女になることを望んでいる。

あたしの中に、本当に魔女がいる。……このままでは本当にあたし、魔女になってしまう……。

以来、タバサは、ロビンの面影を、必死で自分の頭の中から消そうとした。それが、人間であるタバサが出来る、魔女に対抗する唯一の方法だったのだ。

ロビンを最初から知らなかったことにして。

何も見えないようにして、何も聞こえないようにして、何も考えないようにして。無理矢理ロビンを記憶から消し去ったのだ。いや、消し去ったつもりで生きてきたのだ。

なのに。

磔にされたタバサを、ロビンが見つめている。

……どうして、今……今になって、どうして？

タバサは、顔を上げると目を開け、人々を見つめ、呟いた。

「こんな、世界なんて」

タバサが何かを呟いたのを見た人々が、囁(ささや)きあった。

「おい、今魔女が何か言ったぞ……」

「呪文(じゅもん)か……」

そうかもしれない。

確かに、呪文と言えば呪文なのかもしれない。

タバサの脳裏に、幼い日の記憶が蘇(よみがえ)った。

タバサは泥だらけになり、ボロボロになった服で立ちつくしていた。

自分の顔についた泥を一生懸命拭(ふ)いてくれている母。

母はその目に怒りと悲しみを浮かべながら、布を自分の唾(つば)で濡(ぬ)らし、一心にタバサの顔の泥を拭(ぬぐ)っていた。

「……ごめんねタバサ。あなたが悪いんじゃない。これは、全部私のせいよ……」

「いいの、ママ。あたし全然平気よ」

父が死んで少したったその頃、母はすでにこの社会から魔女と見なされ、町の人々から恐れられていた。

「淫乱」

「世界を滅ぼす女」

「悪魔」

「疫病神」

ありとあらゆる恐ろしい言葉が母に浴びせられた。

町の子供達は、その魔女の娘であるタバサに石を投げ、髪の毛を引っ張り、蹴り、罵倒した。

金色の髪は土で汚れた。

「魔女の子！」

「醜い娘！」

「ここから出て行け、呪われた子め！」

ボロボロに切り刻まれたその服は、母が作ってくれたタバサの一番のお気に入りの服だった。

胸に大好きなリボンのついた白いドレス。

タバサはそのドレスが、他のどの服よりも大好きだった。それを着て町を歩くのが自慢だった。

アリスもいつも褒めてくれた。花を摘む時も、花に負けないほど自分自身が綺麗に思えた。そのドレスを着ている時に、偶然ロビンと会えると、心が弾んだ。だから、いつもそれを着ていたかった。

母はタバサの服を脱がしながら、

「大丈夫。服はもう一度私が、もっと素敵なのを作ってあげるから……」

と言った。

母の声は、震えているようだった。

タバサは、ニッコリ笑いかけた。

「うん。ありがとうママ。本当はね、あたし、この服、そんなに好きじゃなかったから。次はもっと素敵なの作ってね」

母の手が止まり、タバサを見つめた。

「……この服、好きじゃなかったの？」

タバサは母を見ずに言った。

「うん。……ママが作ってくれたから言いづらかったんだけど、本当は、あまり好きじゃなかったの。少し、子供っぽいんだもん。だから、ちょうど良かったみたい」

「……そう」

そう呟いた母の目は、深く沈んでいた。

母は、服を丸めると、床に置き、桶に水を汲み、タバサの体を拭き始めた。

タバサは母を見つめた。

……どうして？　どうしてそんな悲しそうな目をするのよ、ママ……。

それは、タバサの癖だった。

大好きなものが傷ついた時、自分はもともとそれを好きじゃなかったんだと思う。

もともと好きじゃなかったんだから、それが傷ついたって大して悲しくない。

そう思うと、少しだけ辛くなくなるのだ。

……あたし、こんなの好きじゃなかった。

確かに、タバサはまるで、呪文のようにそれを心の中で繰り返した。

……せっかく作ってくれたママのドレスだったけど。でも、本当は、あたし、あまり好きじゃなかった。

母は、タバサの体を拭きながら言った。

「……いい？　タバサ。これだけはおぼえておいて。あいつらが、いくらお前や私を傷つけようとしても、絶対にあいつらには、私達を傷つけることなんか出来やしないの。本当よ。絶対に出来ないの」

母はタバサの目を見ずに、ただただ必死に体を拭いていた。

……ママ……何を言ってるの？　あたしを見て。こんなにボロボロなのよ。服だって破かれて、髪の毛だって泥だらけよ。傷だらけだわ。なのに、どうしてあの人達に、あたし達を傷つけることが出来ないなんて言えるの？　どうしてよ！

タバサはそう心の中で叫んでいた。

母は手を止めると、タバサの目を見て言った。

「タバサ。好きなものは好きって言っていいの。本当よ」

そして再び、タバサの体を拭き始めた。

タバサは黙って肯き、もう一度笑って見せた。

桶の傍らの床の上に、タバサが世界で一番好きだったドレスが汚され、丸められて置かれていた。

新しい服は作られることはなかった。

作られる前に、母は魔女として処刑された。

ある朝、タバサが自分の部屋から降りていくと、裁判所の判事や教会の人々が母を取り囲んでいた。

「ちょっと、何してるの？　何してるのよ！」

判事達は振り返り、中の一人が素早く近寄ってきて、タバサの口をふさぐようにして抱きしめた。

「やめて！　ママ！」

タバサがもがきながら叫ぶと、

「タバサ。大丈夫。心配しないで」

男たちの間から母の冷静な声がした。

タバサは役人を押しのけるようにして身をよじり、母に近づこうとしたが強い力ではばまれた。

「ママ！」

判事が母に言った。

「お前の夫の死は、医学的に見ても不自然だった。あれは、お前の仕業だな」

「いいえ」

母はきっぱりと言った。

「私は夫を愛してましたから」

教会の神父は少し狼狽えながら言った。

「その愛する夫を失ったわりには……あなたは、不自然なほど……その……溌剌として見えるが……」

母は笑みをたたえて言った。

「ありがとう、嬉しいわ」

「……なんだと？」

母は美しい笑顔でタバサを見つめた。

「私には他にも、愛する者がいますもの」

判事達はその母の堂々とした態度と美しさに恐怖を感じているようだった。

タバサは思わず叫んだ。

「ママ！　やめて！」

彼らはしばらく小声で協議しているようだったが、やがて、教会の神父が頷くと、

「お前を魔女として連行する」

母は顔色一つ変えず美しく微笑んでいた。

判事達が母を連れて外へ出て行く。

「お願い！　やめて！　ママ！　ママを連れて行かないで！」

タバサは喉が千切れる程叫んだ。

外へ出ると町の人々が家の周りにいて、恐怖の目をして見ていた。そこにはウォルトンおじさんも、ジャニスおばさんもいた。

「ねえ！　おじさん！　おばさん！　何とか言ってよ！　魔女なんかこの世界にいないって言ったじゃない！　ねえ！　そうなんでしょ！　そう言ってよ！」

「あ、……ああ。もちろんだよ……」

その時母が立ち止まりタバサを振り返った。

「タバサ……ママが言ったことを信じて……こいつらに、私達を傷つけることは出来ない。本当よ。タバサ……自分を嫌いにならないで」

母はタバサにそう言って、静かに連行されて行った。

母は牢獄に入れられた。

そして何日間か拷問を受けたあと、広場で、今日のタバサと同じように処刑されたのだ。

タバサは、遠くから、母が死んでいくのをジッと見つめた。

……ママ。……あたしは、ママのこと……。

タバサの脳裏に母の言葉が蘇った。

「私達を傷つけることは出来ない。本当よ。タバサ……自分を嫌いにならないで」

目の前で燃やされていく母を見つめるタバサの脳裏で、その言葉だけが何度も何度も繰り返された。

あの日から五年の歳月が流れた。

タバサは初め教会に預けられた。

神父達でさえ、恐ろしい魔女の娘であるタバサをどうすればいいか、判断できないまま時間が過ぎていった。

教会の仕事を手伝いながら時を過ごしているうちに、神の力によってタバサの中から魔女が消えればいい。彼らは手をこまねくように、そう思っていた。

ただ、もしあれが消えなかった場合は……。

タバサは母が殺されたあの日以来、心を閉ざした。

母が連行されたあの日。

「私には他にも、愛する者がいますもの」

タバサを見つめハッキリとそう言った母を、恐ろしく感じた。言葉とは裏腹に、母はそうして自分を切り離したのだ。

「好きなものは好きって言っていいの」

自分の命を投げ出し、タバサを置き去りにしてまでそれを貫いた母は、魔女でも人間でもなく、母だった。

タバサはあれから、誰とも話さないようにして、花も草も木も空も、何も見ないようにして、何も感じないようにして過ごしていた。

町の大人達もまた、教会で働くタバサに対しては、まるでそこにいるのに、そこにいることを知らないような態度をして過ごしていた。大人達はそれで良かった。

時が流れるにつれ、タバサは少しずつ母に似ていった。その奥に悲しみを湛えた目は冷たく静かに深くなっていき、髪は母と同じように金色に輝いていった。小さな胸は少しずつ膨らみ、鋭角さを増していく顔とは対照的に体は、大人の色香を放つようになった。

町の大人達は、青年達の欲望をも抑え込むことまでは出来なかった。

教会に行くたびに、青年達はタバサをそれとなく見つめるようになった。青年達の視線は真っ直ぐ前を見ているようで、目の端に映るタバサの姿を追っていた。

大人達は、青年達のその気配を恐れた。

タバサの美しさの中に巣くう魔性に魅了され、増幅していく青年達の意識は、やがて自分達では抑えきれないほどの暴走をしてしまうのではないかと。

そしてやはり人々は自分達の恐怖のもとを、一つの結論としてこう定めた。

「魔女の子は、魔女」と。


今。タバサは母が処刑されたあの広場で磔（はりつけ）にされていた。

タバサは再び、目の前の人々に向かって呟（つぶや）いた。

「こんな世界なんて……あたし、好きじゃなかったわ……」

ウォルトンおじさんに、ジャニスおばさんに、アリスに、そしてロビンに聞こえるように、

「もともとこんな世界なんて、好きじゃなかった！　あなた達のことなんて、誰も好きじゃなかったわ！」

そう言って笑って見せた。

人々の間からどよめきが起こった。

「聞いたか、今の」

「ああ。恐ろしいことを……」

「見ろ、笑ってるぞ」

「やはり悪魔だ……」

「魔女だ」

それらの声がタバサには、怪物達の呻き声に聞こえた。

「ウゥ～、ウゥ～」

という、醜い呻き声に。


パチパチ……とタバサの足もとから音がした。

火がつけられたのだ。

魔女を焼き払う為の火。

処刑の始まり。

徐々に炎が上がっていき、タバサの体を焼き始めた。

人々から、歓声のようなものが起こった。

それは怪物達の醜い呻き声だ。
「ウゥ〜、ウゥ〜」
タバサは目を閉じる。
裸のタバサが、炎に包まれていった。
ジリジリと音がする。
肌が焦げているような匂いがした。
ゴォォッという音。
タバサを見ていた人々は、皆その熱にたじろぎ、後ずさった。
タバサは、不思議と熱くも苦しくもなかった。
炎に包まれているのに、寒くて体が震えた。
その時。
炎の向こうに、誰かいるような気がした。
炎の向こうから自分を呼んでいるような……。
タバサは、ぼんやりと炎の先を見つめた。
……ママ。

立っていたのは、母だった。

母が笑ってタバサを見つめていた。

あの頃と同じ、金色の髪。

母の周りは、とても暖かそうに見えた。

……ママ……そこにいたのね。

母はその手に、ドレスを持っていた。

あの白いドレスだ。

ボロボロにされたはずのドレスが、新品のままで、母の手の中にある。

胸には、大好きなリボン。

タバサは、微笑みを浮かべた。


タバサを見ている人々が、また、どよめいた。

「おい……あの顔……」

「全身を焼かれているのに、なんて嬉しそうなんだ……信じられない……」

「ウゥ〜、ウゥ〜」

「ウゥゥ〜、ウゥゥ〜」

そんな怪物達の呻き声がタバサには聞こえていた。

「ママ！」

タバサは母に駆け寄った。

母は、タバサを強く抱きしめ、タバサの耳元で囁いた。

「ママのことも、好きじゃなかった？」

タバサは、母をジッと見つめると、ゆっくり首を左右に振った。

「だいすき……」

それは、タバサが一番言いたかった言葉だった。

母は嬉しそうに微笑むと、タバサの髪を手で優しく撫でた。

そして、手に持っていたドレスをタバサに見せて言った。

「じゃあ、ママのつくったこのドレスは？」

懐かしいあの白いドレスだ。

何よりも大切にしていた、あのリボンのついたドレスだ。

タバサは世界中に聞こえるように叫んだ。

「だいすき！」

火柱の中から魔女が笑いながら何かを叫ぶ声が聞こえて、人々は恐れおののいた。

人々の間に何度も何度もどよめきの声があがった。

「ウゥウ〜、ウエエエ〜ッ」

タバサにはもうその声は気にならなかった。

タバサは大好きなドレスを胸に抱き、大好きな母に抱きしめられながら思った。

……そうか。ママの言ったことは本当だったんだ。誰にも、あたしとママを傷つけることなんか、出来なかったんだ。

タバサを縛り付けた柱は、その芯まで燃やし尽くされ、やがて、タバサもろとも崩れ落ちた。

熱風が起き、無数の火の粉が舞った。

人々は悲鳴をあげ、更に後ろに避難した。

紅蓮の炎が、落ちたタバサを更に包んだ。

真っ黒に焦がされたタバサの顔は、それでも口元に笑みを浮かべているのがわかった。

その笑みを見て、人々は、いや、怪物達は口々に言った。

「最後の叫び声を聞いたか……」

「……ああ。あれは確かに呪文だった……それに、あの顔」

「笑ってやがる」

「魔女とは、なんて恐ろしいんだ……」

マボロシの鳥

この話が、どこの世界で起きた出来事で、いつの時代の話なのかなんてことは、あまり考えないでほしい。

公立図書館や、博物館なんかの資料室に残っているような、そんな、厳密な話じゃない。

単なる言い伝えか、どこかの大嘘つきがついた全くのデタラメか……。

まあ、とにかくあまり信憑性の無い話だ。

事件が起きたのは、オリオン劇場。

その夜、劇場は超満員。

客席の周りの通路を、これ以上隙間がないというほどに埋めつくした立ち見の客は、まるで押しくらまんじゅうをしているようで、あちこちから、

「痛え！　足踏みやがったなこの野郎！」

だの、

「もっと頭を下げろ！　見えねぇだろ！」

といった怒鳴り声と、潰されそうになった客の、

「ウゥ……」

といったうめき声が聞こえ、完全に劇場内の酸素は欠乏し、今にも建物全体が膨れあがって、まるで空気を入れすぎた風船みたいに、パン！　と破裂してしまうのではないかと不安になる状態だった。

劇場の中だけではない。

その夜は、外も大混雑で、そこで何かの大事件が起きたのかと思うほど、野次馬達が次から次へと押し寄せて、まさに黒山の人だかり、というやつだった。

で、このオリオン劇場。

なんともありきたりな名前のこの小さな劇場は、その名の通り、ありきたりで、寂れた町の片隅によくあるタイプの、小汚い掘っ立て小屋のような建物だった。

普段はお色気と、少しばかりの笑えない演芸をやっている。誰も見向きもしない劇場だった。

しかし今夜はいつもと違い、街中の注目を浴びていた。

オリオン劇場の支配人は……。

……どこの劇場でもそうらしいが。

かなり欲の皮が突っ張った強欲支配人だった。

誰がどう考えても、このちっぽけな犬小屋みたいな所に、これ以上、人を入れるのは無理だとわかりそうなものだったが、一生に一度のこのチャンスを逃してなるものかと、外の呼び込みの男に、

「もっと入れろ！　もっと入れろ！」

と、無茶な指示を出した。

……で。劇場の入り口の演台の上に立った呼び込みの男は、すっかりヤケクソになって、目の前に群がる見物人達にケンカ腰で怒鳴り散らしていた。

「さあさあ、お立ち会い！　ってなもんだ！　よく聞け通行人！　あんたらコレが何の騒ぎだかわかるかい？」

呼び込みの男は、そう叫ぶと、入り口に殺到する人々を見つめ、ほれぼれしたように言った。

「……見てご覧よ、この入り口。立錐(りっすい)の余地もないとはまさしくこのことだ……記録に挑戦でもあるまいし、何でこんな場末のクソ劇場にこれほど人が集まってると思うよ……ええ？」

目の前の観衆はジッと、呼び込みの男を見つめている。

「ストリップでも殺人事件でもないよ！　聞いて驚くなバカヤロウ！……って言ったって、

お前達は驚かずにはいられないだろう。今夜、たった今からここで行われようとしてるのは、今世紀最大の演し物だ！　今夜これを見逃したら、一生どころか、孫にも自慢できなくて、しかもその孫が、学校で友達に、『お前のジイちゃんアレを見てねえのかよ！』って、いじめられるもんだから、三代続いて後悔することになるという！　そういう代物だ！　用事があろうが、急いでようがそんなもん全部ほったらかして見ていった方が身のためだ！」

　この呼び込みの男はもともと芸人崩れの半端者だ。

　この劇場で働く者は、誰でも一度は舞台の上を目指したことがある。

いつかは、自分もあそこに立ってスポットライトを浴びたい。そう思っていた者ばかりだ。

だから芸に対する目は肥えている。

「……ちっ、冗談じゃない」

　呼び込みの男は小声で、悪態をついた。

　いつもなら、この後に続くのは、

「ふん。何が今世紀最大の演し物だ。よく言うよ。こんな三流芸人のどうにもならない芸なんか見たところで、何の自慢にもなるもんか。それこそ孫の代までバカにされるわ」

と、まあ、こんな感じだろう。

　とかく芸人崩れというものは、自分の芸の無いのはさておいて、他人の芸に対する評価はとびきり辛口になるものだ。

だったらお前がやってみろ！

と言いたくもなるが、そうすると、

それを言ったら芸の批評なんか誰も出来ない。お前は何の批評も受け入れないのか？

とくる。

自分の芸は自分が一番よく知っている。舞台に立ちもしない奴に何がわかるんだ！　とも思うが……。

……ん？

……話が脱線したようだ……。

……そう言えば、芸人のクセに、声高に政治家を批評して世間から失笑を買っていた奴も、どこかの世界にいたっけ……。

まあ、それはともかく……。

今は、呼び込みの男の話である。

今日の、男の悪態は、その中身が、いつもと少し違っていた。

「ふん……どうだい、この俺を取り巻いた連中の目の輝きは……」

呼び込みの男の周りには、なにも男が声を荒げて呼び込まなくても、もうこれ以上人が立てない程の人垣が出来ていた。

いつもならば男の口上なんか見向きもしないお客達が、まるで夢見る子供のような瞳をして、男が、その名前を口にするのを今か今かと待ちわびている様子だった。

「……野次一つ飛んで来ない。俺も長いことこのオンボロ劇場の呼び込みをやっているが、こんなことは初めてだ……」

しみじみと男は呟く。

そして、ふと我に返り、

「おっと、感心してる場合じゃないや。うかうかしてる間に奴の出番の時間になってしまう。俺も、今夜ばかりはこんな所で呼び込みなんかしてる場合じゃないぜ。早いとこ切り上げて客席に入らなきゃ！　みすみす目の前であの芸を見逃したら、人として、一生悔やんでも悔やみきれない……」

そう言うと、男はクルリと振り返り、演台を下りて劇場に入ろうとした。

「おい！　ちょっと待て！」

観衆の一人が呼び込みの男を呼び止めた。

「………」

「……は、早く、その芸人の名前を言えよ！」

そう言われて、呼び込みの男は、

「……フッ」

と笑い、

「ふぅ。そうだった。大事なことを忘れてた……」

と呟くと、スウーッと体いっぱいに息を吸い込み、観衆に向き直るとこう叫んだ。

「その男の名は、今世紀最高にして！　奇跡のアーティスト‼　大いなる、魔人！　チカブー様だぁ!!!」

その名前を聞いた途端、観衆はゴォォォーという吠え声のような歓声とともに、アッという間に呼び込みの男を押しのけて一斉に劇場の中へとなだれ込んで行った……。


ただでさえ満杯の所へ、外からの客が一気に入ってきたのだからたまらない。

客席は今まで以上のすし詰め状態になり、貧血で気を失う者、つかみ合いの喧嘩をする者、泣く子供……。

とにかく、そこら中に苦しげなうめき声と、悲鳴が響いた。

客の、誰一人として、今舞台に立ってボソボソ喋っている芸人の漫談を聞いている者は無かった。

全て(すべ)の客の目的は、この次に登場してくるはずの、魔人チカブーにあり、誰もが上の空でそれまでの時間をやり過ごしていた。

上の空だったのは、客だけではない。

たった今、舞台に立っている漫談家もその一人だった。

彼は舞台上から客席の殺気立った様子を見つめ、そうでなくても小さな声が、その日はますます小さくなっていた。

「……はは……そ、それでね、……俺は、カミさんに聞いたの。……つまり、俺はどうしたら、お客を喜ばすことが出来るんだろう？　ってね……あー……」

お客は誰も聞いてない。

客席は、相変わらずの喧噪(けんそう)だった。

漫談家は、淡々と漫談を続けていた。

「……あの、どうしたらお客を喜ばすことが出来るだろうって。……って、言うのも、俺は、今まで自分の漫談で、一度だって、お客を笑わせたことがない……ハハ、一体どうすりゃあ、客は喜ぶと思う？　って、カミさんに聞いたんだ……そしたら……」

ますます客席の喧噪は高まっていく。

漫談家は舞台の上から客席を見て、

……これはただごとじゃない。

って、思っていた。

……今日はきっと、何か良くないことが起こる。きっととんでもないことが。漫談はなるべく早めに切り上げて、早く家に帰らなきゃ。一笑い起こしたらすぐに舞台からはけようと。

……とりあえず、一笑いだ……。

そんなことを思いながら、漫談を続けた。

「……あの、……そしたら、カミさんが『大丈夫、あなたは、毎晩、お客さんを喜ばせてるわよ』ってさ、あ、そ、そうかな?……ハハ……俺は正直驚いちゃって、嬉しくなって聞いたの。本当? って。そしたらカミさんが『本当よ、あなたが、そのクソつまらない漫談を毎晩終わらせる時、お客がどれだけ嬉しそうな顔をしてるか、よく見てみなさいよ』って……ハ、ハハ……まいっちゃったよ……」

客席の喧噪は続く。

劇場は、ますます殺気立っていた。

「……あの……『あなたはその漫談を終わらせることで、毎晩お客を喜ばせてるのよ』って……は、……はは……つまり、俺の漫談が終わるってことで、お客が喜んでるんだって……

ハハ……つまりさ、漫談がつまらないってことだよ。だから、それが終わることで、お客が喜んでるんだって……」

一笑いも起きなかった。

お客は相変わらず押し合いへし合い、足を踏んだの踏まないの、大騒ぎしていた。客席の熱気は頂点に達していた。

漫談家は同じジョークを何度も何度も説明していた。しかしそのうち、

「……ハ……ハハ……うっ……なんか……息苦しいな……」

漫談家は、舞台の上で独り言のように呟いた。

確かに。

空気は足りなくなってきていた。

その超満員の客席を見下ろすことの出来る、二階の照明室の窓からは、一人の男がニヤニヤしながら熱狂するお客の様子を見ていた。

太ってて、脂ぎってて、不潔そうな中年の男だ。

冒頭で既にふれた、このオンボロ小屋、オリオン劇場の強欲支配人である。

「……どうだ。この入りは……」

感慨（かんがい）深げに強欲支配人は呟いた。

「ふ、ふふふ……」

自然と笑いがこみ上げてくるようだった。

「今夜は最高の夜になるぞ。もうきっと、二度とこんな思いは出来ないだろう。……しかし、それにしても、あの魔人チカブーという芸人は大した奴じゃねえか。俺も長年この商売をやってるが、これほど客を期待させ、熱狂させる芸人は、見たことがねぇよ。……見ろよ、あの客達の興奮を。あのキラキラした目を……」

強欲支配人は、そう言いながらどんどん興奮してきてる様子だった。

「今夜、俺は、このオリオン劇場とともに、この世界の芸能の歴史に大きく名を残すことになるんだ。俺は、この劇場を、世界最高の劇場にするのが、夢だった。……それが、今夜こうして叶（かな）おうとしてる……ワクワクするぜ。……なあ、そう思わないか？」

強欲支配人は、隣にいる照明係の男に言った。

しかし、その照明係の男は、真っ青な顔をして、今にも倒れそうで、小さく肯（うなず）くのがやっとだった。

強欲支配人は、不思議そうに照明係の男に聞いた。

「……どうしたんだ。お前？」

照明係の男は、息も切れ切れに、答えた。

「……はぁ、……はぁ……し、支配人。……ちょ、ちょっと、……い、いくらなんでも、……お客入れすぎだぜ。……く、空気が足りなくて息が出来ねえよ……はぁ、……はぁ……」

男は釣り上げられた魚みたいに、口をパクパクさせてそう言った。

「ん？……確かに、そう言われてみれば、なんか息苦しいな」

今まで、お客の入りに興奮しすぎて、そんなことに全く気付いていなかった強欲支配人は、やっと、今この劇場内に、圧倒的に酸素が足りなくなっていることに気付いたのだった。

急に息苦しくなったのだ。

「……うっ……なんだこりゃ。……息が出来ないじゃないか。……おおい！　誰か！」

そう呼ばれてやってきた雑用係の青年も、青白い顔で、フラフラだった。

「はぁ……はぁ……何でしょう……支配人……はぁ……」

「……い、今すぐ……はぁ……て、天井の丸窓を開けてこい……」

「はぁ……はぁ……へ？……で、でも……い、いいんですか？……窓開けちゃって……」

「……いいも悪いもないだろ！……はぁ……この状況考えろ！……こ、ここは月面かっ！」

「……で、でも魔人チカブーとの約束は……た、確か……劇場の、窓を閉めろって……」

息も絶え絶えに、雑用係の青年が言った。

……そう言えば、そんな約束があったっけ。

と、強欲支配人は、失われそうな意識の中で、ボンヤリと思い出した。


魔人チカブーとの約束。

それは不思議な契約書だった。

今回の演し物をするにあたり、魔人チカブーとオリオン劇場の間では、公演日数と時間、出演料などについて、契約書が交わされていたのだが、その中の、チカブー側からの契約条項の最後の項目には、こう書いてあった。

『魔人チカブーの演し物の最中は、劇場の全てのドアと窓を閉め、鍵をかけ、密室状態にしておくこと』

なんとも簡単な、他愛もない条件だった。

ところがその、簡単な他愛もないことが、この摩訶不思議な芸人にとってはとても重要な取り決めであることは、チカブーの芸を知る者だったら、誰にでも納得出来た。

契約書を交わした時は、強欲支配人も、もちろん、そんなことはお安いご用だと、思った。

しかし、今のこの状況である。

もし、このまま劇場の窓を閉め切っていたら、世紀のエンターテイメントどころか、チカブーが舞台に登場する前に、酸素欠乏によって、大半の観客が死んでしまうだろう。

そんなことになったら一大事だ。

世界の芸能史に名を残すどころか、大惨事を引き起こした間抜けな劇場の無責任な責任者として、歴史にその名を残すことになってしまう。

……冗談じゃない。

そう、強欲支配人が思った時。

ドーン！

と、大きな音がした。

強欲支配人が慌てて舞台の上を見ると、先程の漫談家が、とうとう息が続かなくなり、舞台の上で倒れていた。

黒子が二人、出てきて、漫談家を引きずって舞台袖に運んでいく。

強欲支配人は、雑用係の青年に言った。

「……と、とにかく……早く天井の窓を開けてこい……今は、あの約束なんかに構ってられない……」

さて。

いよいよ、魔人チカブーは舞台袖に立ち、出番を待っていた。

カラフルな水玉のステージ衣装を着たチカブーは、一見、お人好し(ひとよ)のピエロのようにも見えた。

人懐(ひとなつ)こそうな丸顔と太った体。

それでいて、側(そば)に人を寄せ付けないような、鋭い目。

誰かが言った。

「……オ、オーラというのは、こういうものかね……」

スタッフもその日の出演者の三流芸人達も皆、袖に立つチカブーを遠巻きに、恐々と、見つめてた。

誰もが、その夜のチカブーの芸を見逃すまいと、思っていた。

チカブーの演し物は、〝魔法〟と呼ばれていた。

手品ではない。

本当に種も仕掛けもない。

チカブーの芸は、〝魔法そのもの〟だった。

舞台が暗くなり、いよいよ、魔人チカブーの時間になった。

それまで怒声やうめき声でうるさかった観客席は、しんと静まりかえった。

その静寂を破り、オーケストラピットの楽団が、派手な音楽を奏(かな)で始めた。

指揮者はやけっぱちのように指揮棒を振りまわし、楽団員達は、汗だくで太鼓を叩(たた)き、ラッパを吹き鳴らし、ピアノやバイオリンを弾き散らかした。

その、騒音としか呼べないような登場音の中、魔人チカブーが舞台に出てくると、観客達は一斉に立ち上がり声援と拍手を送った。

観客の興奮は頂点に達し、オリオン劇場は、本当に今にも破裂してしまいそうになった。

強欲支配人も、照明室の窓からジッとチカブーを見つめていた。

いつの間にか皆、さっきまでの息苦しさなど、すっかり忘れ去っていた。

魔人チカブーは、マイクの前に立ち、観客達の声援が静まるのをニコニコと微笑(ほほえ)んで待った。

やがて、劇場中が再び静寂に包まれると、自分をジッと見つめる観客達に向かって、チカブーは言った。

「……全員が立ち見って……ひどい劇場だな」

そう言われて初めて、観客達はチカブーが登場した時からずっと、自分達が立ちっぱなしであることを自覚した。

客席に徐々に笑いが起き、客達は改めて、座席に座り直した。

最初、チカブーが何を言っているのか、その意味がわからなかった客達も、周りの客が笑って座るのを見て、自分も笑い、座った。

チカブーは、全員が座るのを待って、呟くように言った。

「……だからって、すぐ座らなくてもいいんだけどね……」

客席にドッと笑いが起きた。

「そうだ！　立て立て！」

と、客席の後ろにいる、本当の立ち見の客の中から誰かが叫ぶと、再び客席に笑いが起きた。

チカブーも笑った。

そして、声のした方を向き、客席を指さしながら、

「こっちは、払ってる額が違うんだ！」

と、叫ぶと、また客席がドッと沸き、立ち見の客達も皆手を叩いて笑った。

照明室では、強欲支配人がゲラゲラと笑っていた。

「はっ！　その通りだ。座りたかったら笑ってないでもっと金払え。なあ？」

と、隣の照明係の男の肩を叩いた。

「へへっ。そんなこと言ったって、もう席なんか無いじゃないですか。今日なんか、いつもより、客を入れる為に、元々あった席まで減らしてるんだから……」

と、照明係もチカブーの舞台を夢中で見つめながら言った。

「ははっ。確かに。……あいつの言う通り、ひどい劇場だな。こりゃ」

強欲支配人がそう言って笑うと、照明係の男も楽しくなり、笑った。

お客は皆、笑顔で、ジッとチカブーを見つめている。

「さて。……芸といっても、俺にはこれしかないんでね……」

と、自分の胸のあたりを見つめるチカブー。

劇場中の空気が、期待で張り詰めていく。

袖では、出番を終えた芸人も、スタッフも、あの芸人崩れの呼び込みの男も、全員集合して舞台を見つめていた。

魔人チカブーの芸とは……。

これがなかなか説明しにくい芸なのだが。

単純に言うと、その胸から一羽の鳥を出現させるというものだった。

鳥。

と言っても、よく手品師が内ポケットから出すような、あのコンパクトに折りたためる鳩というわけではない。

鳩でもなければインコでも、ましてや鷲でも鷹でもない。

それは誰も見たことがない、鳥類図鑑のどこにも載っていない、美しい鳥だった。

人々はその鳥を〝マボロシの鳥〟と呼んだ。

そして、〝マボロシの鳥〟とは、チカブーの芸そのものを指す呼び名でもあった。

〝世紀の天才!　魔人チカブーとマボロシの鳥!!〟

それが、その夜のオリオン劇場の看板にデカデカと書かれた、タイトルだった。

さて、その鳥だが。

美しい。と言っても、その見え方は見る人によってそれぞれ違っていて……。だから説明するのが、とてもやっかいなのだ。

「それはまるで宝石をちりばめたようだった」

と言う人もいれば、

「澄んだ水のように透き通って見えた」

と言う人もいる。ただ全体的には、

「淡く、白く、光ってる」

というのが、共通するイメージのようだ。中には、

「火のように真っ赤に燃えていた」

と言うのもいれば、

「七色に変化して見えた」

なんて言うのもいる。

……まあ、どの世界にも変わり者はいるもんだ。

でも、なぜそんな、うまく言葉で説明出来ないような、得体の知れないマボロシの鳥を人々は見たがるのか。

それを説明するのも、これがまたとてもやっかいだ。

とにかく、それは、誰にとっても、

〝一番見たいもの〟

だったとしか、言いようがない。

その鳥を見た人が口々に言うのは、

「生まれてから今まで目にしたものの中で、一番美しいもの」

であり、

「あれこそが私の理想だ」

であり、

「生きていて良かった」

であり、

「もう死んでも良い」

である。

「あの鳥を見るために人間は生まれてきたのだ！」

と、興奮して熱弁するのまでいる。

誰もが、少しずつ違う鳥を見ているはずなのに、それを見て思うことは、皆同じだった。

それを見ると、苦しいような、切ないような、とても不安な気持ちにもなるのだが、それでもやはり、見ずにはいられない。

そんなものだった。

よく、生死の境をさまよった経験を持つ者が、死後の世界の、白い温かい光を見たと言う。

まあ、あの話もどこまで本当か、疑わしいとは思うが、不思議と、見たという人に共通するのは、それを見てからは死ぬのが怖くなったという意見だ。

少し、それと似たようなものか。いや、それとも違う。

その鳥を見ると、

ああ、もうこれ以上美しいものなんか一生見られやしない。

と落ち込み、

いっそのことこのまま死んでしまいたい！

と大げさに嘆き悲しむ者も出てくる。

しかし、そう言って大騒ぎした者も、しばらく時がたつと、

あんな鳥が存在するこの世界なら、もう少し生きていたい。

あの鳥の住むこの世界に、自分も一緒に暮らし続けたい。

と、思うようになるのだ。

いずれ、もう一度、見られるかもしれない。

そう思うと、この世界も、あの鳥と同じように輝き出す。

まあ、そんな鳥だった。

と、こんなふうに説明してみたところで、実際にどれほどのことが伝わると言うのか。

……はぁ。

言葉というのは、なんて不便なものだろう。

それでも我々はこの不器用で不便で陳腐(ちんぷ)な〝言葉〟を使わなければ、誰にも何一つ伝えることが出来ないのだ！　どうにも不自由でたまらない！

……また愚痴(ぐち)になった。

さて、客席は、静まりかえっていた。

これも陳腐な表現だが、水を打ったような静けさ、とは、このことか。

誰もが舞台の上の、魔人チカブーの胸のあたりをジッと見つめていた。

チカブーは目をつぶり、その両手を胸の近くに上げ、何か透明な丸いものを優しく包み込むような仕草をした。

少しずつ……。

チカブーの胸の、三番目のボタンのあたりが、小さくキラキラと光り出した。

お客の一人が、

「あ」

と、思わず漏れた息のような驚きの声をあげる。

その声を聞いて、まだ自分には何も見えていない大半の客は、何かが、起きているのだということを知り、焦りにも似た気持ちで、今まで以上に真剣にチカブーの胸のあたりをジッと見つめる。

少しすると、客席のそこここから、

「はぁ」

とか、

「ああ……」

といった溜め息のような、息を飲むような静かな声が聞こえ、それはやがて、だんだんと大きなどよめきに変わり、客席全体を包んでいった。

チカブーの胸の前に現れた光は、今では誰もがわかるほどの大きさになっていた。

それはボンヤリとした淡い白い光で、少しずつ、少しずつ大きくなっていく。

ある人にはそれは、小さな星が集まってキラキラと光っている風船ぐらいのサイズの宇宙のように見えた。

またある人には、突然現れた細い線のような煙が、ひとりでにだんだんと織られていって出来ていく、柔らかい雲の手鞠のように見えた。

とにかく、その光は、チカブーの胸の前で少しずつ大きくなり、やがて誰の目にもハッキリと見える光の球体となった……。

突然、その白い光の玉の中から、何かが起き上がった。

と思ったら、それはその鳥の頭だった。

たった今、眠りから覚めたかのように、長い首を起こし、鳥は、好奇心に満ちた瞳で、客席を見つめた。

「おおっ」

と、客席からどよめきが起きる。

誰もがその鳥の、真っ黒なビー玉のような大きな瞳から目が離せなくなっていた。

鳥は、何かを探すように、不思議そうに、客席を隅から隅まで見渡していた。

この鳥は、自分達を親鳥のように感じている。

鳥に見つめられた客の誰もがそう思った。

中にはその鳥を安心させようと、笑顔を作り、鳥を見つめかえす者もいた。

いや、そこにいる客の大半が、気がつくとそんな表情になっていた。

次の瞬間。大きな変化が起きた。

鳥が突然、その羽を広げてみせたのだ。

光の玉の中から、光の羽が飛び出したのだ。

客席から更に大きなどよめきが起こる。

伸びをするように、鳥はその大きな羽をいっぱいに広げると、少しして、再びつぼめた。

客席からは大きな溜め息が漏れた。

その時になって初めて、客達は、白い光の集合体だったものが、明確にそれとわかる、鳥の姿に変化していることに気がつくのだった。

今、鳥は、チカブーの右腕に止まり、つくろうように、自分の羽をついばんでいる。

チカブーが腕を上げ、鳥を自分の顔の近くに持っていくと、鳥は、チカブーの唇をチョンチョンとクチバシで突き、そうした後に、今度はチカブーの、垂れ下がった髪の毛をくわえると、首を横にずらすようにして、つくろってみせた。

客席に、静かな笑いが起きた。

「ほほっ……よーし……」

嬉しそうに、
と、チカブーも笑い、小さな声で、

「……さあ……」

いった。

と囁くように言うと、鳥の乗った右腕をゆっくりと、前へ、そして上の方へ、差し上げていった。

鳥は、戸惑うようにキョロキョロと周りを見渡すようにしながら、それでも、少しずつ、チカブーの腕の先へ、上の方へと登っていった。

客席はまた、静寂に包まれた。

真っ直ぐ上に突き出されたチカブーの腕の先に止まる鳥。

客達は皆、次に起こるべきことを予測し、緊張で胸が詰まりそうになりながら、その視線はジッと鳥に向けられていた。

舞台袖の芸人達も、スタッフも、照明室の強欲支配人も、照明係の男も、雑用係の青年も。

この劇場の中にいる誰もが、まるで息をしていないかのようだった。

チカブーは、鳥に向けられた客達の目を見つめていた。

この時間が、魔人と呼ばれたこの芸人の、一番好きな時間だった。

客達の目は、それこそ、宝石のように、あるいは、宇宙の星々のようにキラキラと光っていた。

……これが、俺の一番見たいものだ。

そういつもチカブーは思うのだった。

チカブーの鳥を、客達が、

〝一番見たいもの〟

と感じる、それと同じように、チカブーは、この時の、自分の鳥を見つめる客達一人一人の目を、

〝一番見たいもの〟

と感じるのだった。

もうこれ以上美しいものは、きっと一生見られないだろう。

ならば、いっそのことこのまま死んでしまいたい。

とも思うのだが、それと同時に、こんなものが、存在するこの世界ならば、もう少し生きていたい。

これが存在するこの世界に、一緒に暮らし続け、またいつか、もう一度それが見られる時が来るのを楽しみにしたい。

そう思える、客達の目だった。

その時間をしばらく楽しんだあと、チカブーは、もう一度、

「……さあ」

と呟き（つぶやき）、客達が見つめる自分の腕の上の鳥を見上げ、

「……飛ぶんだ」

と言った。

その時、チカブーは、何かいつもと違う、言いようのない違和感を感じた。

一瞬、何だか嫌なものが見えたような気がしたのだ。

……ん？

今、鳥の先にチラッと見えたあの嫌なものは何だ？

そうチカブーは考えた。

鳥を見上げた時、その後ろに、天井が見えた。

その天井に、何かとっても嫌なものが見えたような……。

……まさか!?

とチカブーは思った。

前にお伝えした通り、このオリオン劇場の強欲支配人は、雑用係の青年に、息も絶え絶えになりながら、チカブーとの契約を破る指示を与えていた。

「……と、とにかく天井の窓を開けてこい！」

と。

　そして、契約は破られた。

　チカブーの目の端に映った、嫌なものとは、まさに、全開に開け放たれたこの劇場の天井の丸窓だった。

　これは悲劇なのか、喜劇なのか。少なくともチカブーにとっては、人生最大の悲劇であると、言わざるを得ない。

「あああああっ!!!」

　とチカブーは叫んだ。

「ちょっと待て!!」

　と。

　そして大慌(あわ)てで鳥をつかもうと、手を振り回したが、もう遅かった……。

　鳥は、その羽を一杯に広げると、チカブーの手から飛び立った。

　客席から、静かな、声にならないような、歓声が上がる。

　しなやかに、大きくその羽を羽ばたかせて飛ぶ鳥の姿は、希望のようで、夢のようで、海のようで、草原のようで、銀河のようで、自由のようで。

客達は、誰も涙を止めることが出来ず、アングリと口を開けたまま、ただただ飛ぶ鳥を見つめていた。

鳥の飛んだ軌跡には、キラキラと粉雪のように細かい小さな光が、落ちては消えていく。

誰もが胸が詰まり、声をあげてしまいたいのに、うまく息を吐き出すことが出来ず、客席のそこらじゅうから、

「……うぅ」

「……あぁ」

といった呻（うめ）くような声が聞こえた。

その中で、たった一人、絶叫して大騒ぎしているのが、魔人チカブーだった。

「おおおおおおおいっ!!! どういうことだあの窓はっ!! 誰だ！ 窓を開けたのは!! 冗談じゃない!! 誰か！ は、早くその鳥を捕まえてくれ!! いやっ、ま、窓を閉めろ!! まず閉めろ!! は、早くしろ！ と、鳥を捕まえろ！ ま、窓を閉めろ！ 聞いてんのか！ このクソ劇場のクソスタッフ共が!! おい！ そこの客！ ボンヤリしてないで鳥を捕まえろ！ その鳥を！」

しかし、チカブーの絶叫は、誰の耳にも入ってこなかった。

客も、他の芸人達も、スタッフも、照明係も、雑用係も、そして、当の強欲支配人も、ウットリと、鳥の飛ぶ様子を見つめていた。

鳥は、客席の上を、ゆっくりと、三回ほど旋回すると、徐々に高度を上げて天井へと、天井の丸窓へと、近づいていった。

「おい！　おい！　おい！　待て！　待て！　待ってくれ！　鳥！……鳥よぉ！……おおいっ！……た、頼む！……頼むよぉ……」

チカブーの叫びは、ほとんど泣き声に変わっていた。

鳥は、チカブーの声などまるで聞こえないかのように、更に高度を上げ、天井の近くで、もう一度、ゆっくりと大きく旋回してみせると、スーッと窓から空へ、真っ直ぐに上がり、消えていった。

「あああぁぁぁぁ……」

チカブーは、舞台の上にへたり込み、鳥が逃げていった窓を見上げ、声にならない声をあげた。

客達も、芸人達もスタッフも、強欲支配人も、感動の余韻に浸りながら、皆、その窓の先の、たった今鳥の消えていった夜空を見上げていた。

「……ああ……鳥よ……俺の鳥よぉ……」

劇場には、魔人チカブーの嘆くような独り言だけが、いつまでも聞こえていた……。

さてさて。

突然、申し訳ないのだが、今までの魔人チカブーの話は、少しの間、いったん、忘れてほしい。

ガラリと場面は変わる。

ここは、オリオン劇場が存在する世界とは、全く別のどこかの世界。

〝全く別のどこかの世界〟

と突然言われても理解するのは難しいかもしれないが、それは……。

はるか昔かもしれないし、遠い先の未来かもしれない。

あるいは、全く同時に存在する別の空間かもしれない。

チカブーのいる宇宙とは、違う次元に存在する、似たような宇宙の中に、似たような一つの星があったと思ってほしい。

もし、わかりにくかったら、こんなふうに考えてもらいたい。

例えば、我々人間の体はたくさんの細胞で出来ている。

その一つの細胞の中を更に細かく見ていくと、そこにはたくさんの素粒子があって……。

その世界は、どこまで行ってもやはり、無限のようで、まさにもう一つの宇宙のようでもある。

もしかしたら、我々の体内には、我々の目には見えない小さな宇宙が存在して、その中には我々の見つけられない生命が我々と同じように生活しているのかもしれない。

時々、そんなふうに考えてみることはないだろうか。

……ないかな。

まあ、とにかく今は、そんなふうに考えてみてほしい。

もしかしたら、そこは、チカブーの体の中に存在する宇宙の中の、一つの星かもしれない。

とにかく。

全く別のどこかの世界。

全く別の、どこかの宇宙。

その中にある一つの星。

その星の、一つの大陸での出来事である。

そこは荒野と、高くそびえる神々の山脈だけの大地だった。

文明。

と我々が呼んでいるものは、その大地では、まだそれほど栄えているとは言えなかったが、人々は、その大地に、もう何万年も前から住み続けていた。

社会。

と呼べるほどしっかりしたものではないかもしれないが、人々はその大地のあちらこちらに、集落を作り、自然と向き合って生活をしていた。

もしかしたら、それは、
古代。

と我々がイメージする、そんな世界かもしれない。

そこに住む人々の生活は、今の人から見たら未熟と思えるかもしれないが、果たしてどうなんだろう？

文明を進めるだけ進めて、自分で自分の首を絞めているような状態で、にっちもさっちもいかなくなった我々が、少なくとも、動物や星々と共存する能力においては、我々以上に長けているであろう彼等を未熟と呼べるだろうか。

もしかしたら、その叡知のレベルは、我々よりもはるか先を進んでいるのかもしれない。

そういう意味では、そこは古代ではなく、はるか未来なのかもしれない。

まあ、もっとも。

闇雲に機械文明を批判して、人間はもっと自然と共存するべきだ！　自然を壊すな！　などと現在の便利な生活を否定するような連中は、どうも面倒で、付き合いたくないような、偽善的な奴が多い。

美しい自然を守ろう。

などと言って、山でゴミを拾ったりしている連中は、大抵自分も登山家だったりする。

そもそもお前達がそんな所に登らなければ自然は誰にも破壊されないだろう。

ってことだ。

人間が誰も入ったことのない場所に、最初に足を踏み入れるのは、大抵そういう連中なのだ。

「自然を愛してる」

って言う奴ほど、自然に近づこうとする人間なのだ。

そんなに大切なものなら、お前こそ、そこに行くのをやめろ！

と思うのだが……。

……あ、また脱線したようだ。

とにかく、その世界は、そんな自然派の懐古趣味の人々から見たら、まさに憧れの世界かもしれない。

人類によって、何もまだ毒されてない世界だ。

そこに住む人類は、既に長い歴史を持ちながら、いわゆる自然というものを、破壊しないまま生活していた。

まあ、これはある意味奇跡かもしれない。

その世界の歴史は、書物ではなく、伝説として、人から人へと、口承で伝えられていた。


……さて。

ここからが本題だ。

まどろっこしいね。


その世界のある村に、タンガタという名前の青年がいた。

タンガタは、逞しく、優しく、勇気があり、頭が良く、美しく、誰からも愛されていた。

タンガタは、幼い頃から、他の人々と何かが違っていた。

誰もが彼に魅せられ、彼の側にずっといたいと思った。

「進歩」や、「発展」という言葉はまだその世界には生まれておらず、それがどんなものなのか、認識している者はいなかったが、誰もがタンガタを見ると、

この青年はきっと、自分達の住むこの世界を、いずれ大きく変化させるだろう。

この青年の導くままに、この世界は進むだろう。そんな力を持っているだろう。

と、そう感じさせる青年だった。

前へ進む。

上に登る。

未知の領域へ足を踏み入れる。

そういうことは、やはりこの世界の人々にとっても、魅力的に感じる事柄だったようだ。

タンガタは、まさにそういう事柄を成し遂げるだろうと、誰もが感じる人であった。

その先に、どんな堕落や荒廃があろうとも、やはり未来へ進み、変化したい。

仕方ないじゃないか。
いつも、どの世界でも、そう望むのが、人間なのだから。

さて。タンガタが今、どこにいるのかというと……。
そこは〝神の山〟と人々が呼ぶ、その世界に存在する中で、一番高い山の頂上だった。
今まで誰一人その山の頂上まで登り詰めた者はいない。
数え切れない程の人がそれに挑戦したが、誰もが途中で敗れ、死んでいった。
そう伝えられていた。
まさに未知の領域。
そこに、人類で初めて、タンガタは到達したのだった。
果たしてこの第一歩は、人類をどこに導くのか。
繁栄か、破滅か。
それがわかれば苦労はないが、とにかくその一歩は、いわゆる、
「人類にとっての、大きな一歩」
ってやつだったことには間違いない。
タンガタは、なぜ、死ぬかもしれない危険をおかしてまでその山に登ったのか。

「そこに山があるから」

というわけではなかった。

これにはちゃんとした目的があった。


幻の鳥を捕まえる。


それが、タンガタの目的だった。

それは、太古から伝わる伝説だった。

神の山の頂上には、誰も見たことのない幻の鳥がいて、それを捕まえることが出来た者は、永遠の幸福を手に入れることが出来る。

今まで数多くの勇者達がその伝説を信じて、神の山に挑戦し、命を落としてきた。

単なる伝説の為（ため）に……。

などと、バカにしてはいけない。

それが本当のことなのか、あるいは、どこかの大嘘（うそ）つきがついたデタラメなのか。

何の確証もないようなことが、人間を突き動かし、その、人間が動いた事実が繋（つな）がって、歴史を作ってしまうということに、心当たりはないだろうか。

例えば、神とは？

本当にいるのだろうか？？？

今までにその存在を証明出来た者は、誰一人としていない。

うさん臭い。

などと言っては、誰かに物凄(ものすご)い勢いで怒られそうだが、誰もその姿を見たことがない。

昔から、

「いるはずだ」

と、言い伝えられてきたってだけの存在ではないか。

しかし我々のこの世界を創(つく)ってきたのは、何か？

我々のこの世界の、確かな歴史を繋いできた事実とは、何だろう？

宗教の種類にかかわらず、そんな、

〝見たこともないもの〟

〝確証のないもの〟

を信じて、突き動かされた人々が起こした様々な出来事の繋がりではないか。

人は、いつだって、

〝目に見えないもの〟

の為に動くのだ。
〝目に見えないもの〟
こそ、
〝一番見たいもの〟
だったりする。
人はいつだって、
いるんだか、いないんだか、わからないもの。
有るんだか、無いんだか、わからないもの。
の為に動いているのだ。
例えばこのタンガタだって。
この時から、何百年も、何千年もたって、はるか未来になってしまえば、
「昔、そんな若者がいたそうだ」
と。
誰も確かめようがないが、確かに、
「いたはずだ」
と。

そんなふうに信じられるしかない存在になってしまうのだ。

そういうものだ。

と、まあ、話が少し理屈っぽくなってきたので、場面を山の頂上に戻そう。

今、タンガタは、神の山の頂上にいて、タンガタの目の前には、あの、伝説の、幻の鳥が、羽をたたんで、眠っているのだった。

その寝顔の、何と穏やかなことか。

聖母。

というイメージがタンガタの中にあったとは思えないが、無理矢理言葉にするならそんな感じだろう。

ただただ、美しく、平和で、優しく、温かい。

そんな寝顔だった。

鳥は、緑の草で作った巣の中で包み込まれるように眠っているのだったが、その様子をそっと見つめているタンガタは、自分がその鳥に、包み込まれているような気分だった。

タンガタは、頂上までの苦しかった道のりのこともすっかり忘れ、いつしか、涙を流していた。

……なるほど。……これが、永遠の幸福……。

それは、タンガタが今まで目にしたものの中で、間違いなく、

〃一番美しいもの〃

だった。

神の山の頂上に住む、幻の鳥には、天敵などいないのだろう。

鳥は、全く無防備で、乳児のように、眠っていた。

その周りは、ボウッと白く柔らかく発光している。

無防備でありながら、近寄りがたい。

それなのに、もっと側に寄ってみたくなる。

タンガタは、吸い寄せられるように、自分の顔を鳥に近づけ、ジッと見つめていた。

時が止まったかのようだった。

次の瞬間。

鳥は、ゆっくりと、そのまぶたを開けた。

……しまった！

と、タンガタは思った。

あまりにも鳥に顔を近づけすぎて、鳥を起こしてしまった。

早く隠れなければ鳥が逃げてしまう。

しかし、心ではそう思っていても、体が動かなかった。

何しろ、かなり至近距離まで顔を近づけてしまったので、今さら隠れようにも、今ここで自分が少しでも動いたら、かえって鳥を驚かせてしまうだろう。

それより何より、タンガタは、鳥の瞳から、目をそむけることが出来なかった。

キラキラと、星のように輝くその黒い大きな瞳を、見つめずにいることなど、絶対に出来なかった。

タンガタの体は、何かに縛られたように、動かなかった。

鳥は、ボンヤリ、前を見て何か考えているようだったが、少しすると、ゆっくりと一度だけ、瞬きをした。

そして、その瞳の位置をクルリと変え、タンガタの目を見つめた。

鳥はまるで、そこにタンガタがいるのを、ずっと前から知っていたかのようで、驚いた様子もなかった。

突然、鳥と目が合って、驚いたのはタンガタの方だった。

「あっ」

と、思わず声が出そうになるのをなんとか堪(こら)えた。

鳥は……。

しばらくの間、不思議そうに、タンガタを見つめていた。

再び、時が止まったようだった。

この期(ご)に及んで、何ら為(な)す術(すべ)もなく呆然(ぼうぜん)と跪(ひざまず)いているだけの、この青年を、愚かだと思わないでほしい。

きっと誰もが、この鳥に見つめられたらこの青年と同じようになるはずだ。

吸い込まれるような。

というのも陳腐な表現だが、必死でジッとしていないと自分が保てないような気持ちだった。

それでいて、いっそのこと、その気持ちのまま吸い込まれてしまいたい。

今のこの気持ちのまま、跡形もなく溶けて、無くなってしまいたい。

そんなふうにも思った。

タンガタは、ひどいバカ面をして、涙を流し、鼻水をたらしながら、自分が何故泣くのか、わからないでいた。

オロオロと。動けないでいた。

とにかく、いつまでもこうして鳥を見つめていたい。

この時間が終わってほしくない。

そう思っていた。

そして、そう思いながらも、心のどこかでは、勇者であるタンガタが、
……いけない。このままではいけない。鳥が逃げてしまう！
と叫んでいた。
……早く、捕まえなければ。
今、こうして鳥が油断しているこの隙に。
この手を伸ばして、鳥の足を摑むのだ。
そうしなければ、逃げてしまう。

自分は、そうする為にここへ来たのだ。

この鳥を捕まえる為に、ここまで登ってきたのだ。

早く。

早く、捕まえなければ！

かつてない葛藤(かっとう)が、タンガタの中で渦巻いていた。

タンガタは思った。

……吐きそうだ。

その時、鳥が立ち上がった。

……!!

タンガタは、息を止めた。

鳥はゆっくりと、その小さな二本の足で立ち上がると、タンガタの方へ、タッタッタッと歩いてきて、その胸へ……呆然としているタンガタの胸へ、寄り添うように、その頭を預けた。

それは、子供が、母親を慕うような、ごく自然な動きだった。

タンガタは、気がつくと、その手で鳥をそっと抱きしめていた。

こうして。

いとも簡単にタンガタは、幻の鳥を捕まえたのだった……。

さてさて。

誠に勝手なのだが、ここで、話を再び、魔人チカブーの存在する、あの世界の話に戻したい。

クルリンパ！

あのオリオン劇場の悲劇から、二十年の歳月が流れた。

あの悲劇とは、先ほどお伝えした事件である。オリオン劇場の強欲支配人が、チカブーとの契約に違反して、劇場の天窓を開けっ放しにして、そこから、チカブーの大切な鳥が、逃げてしまったという、何とも間抜けなあの悲劇のことだ。

オリオン劇場は、今は閉鎖されて、誰も寄りつかない薄気味の悪い建物になっていた。

近々建物は取り壊されるといった噂(うわさ)は、前からあったが、取り壊すことすら面倒くさいのか、ズルズルと時がたち、そのままほったらかされて、使い物にならない廃墟(はいきょ)となった。

今ではたまに、スケベなことで頭の中が一杯な年頃の男女が、夜中にそこへ忍び込んで、生まれて初めてのスケベなことをする場所の定番スポットになりつつあった。

あの強欲支配人の考えていた、

「世界の芸能の歴史に大きく名を残す劇場」

とは、あまりにも違いすぎるそのなれの果てであった。

今や、若者の間では、「オリオン劇場」と言えば、そのまいかがわしいことの代名詞だった。

男の子が女の子に、ニヤニヤしながら、

「……なあ、今夜オリオン劇場行かねえか？」

と言えば、女の子は必ず、

「最低！」

と叫んだ。

もう一度言おう。

「世界最高の劇場にするんだ」

という強欲支配人の思いとは、全く裏腹に、

「オリオン劇場」

は、そのまま、

「最低！」

を表す物の象徴となっていた。


魔人チカブーの鳥が逃げた夜。

強欲支配人は珍しく大反省し、チカブーに土下座して謝った。

「この通り。許してくれ！　何なら今日の売り上げの半分を君にあげよう。いや、七割を……いや、九割を君に渡すよ。本当に申し訳ないことをした。どうか、この通り。このクソバカ野郎を許してやってくれ……」

強欲支配人とはいえ、芸を愛していることにはかわりなかった。

芸人にとって、その芸がどれほど大切なものかは、よくわかっていた。

自分にもしも芸があれば、こんな劇場の支配人ではなくて、あの舞台の上に立っていたはずだ。そう思って生きてきた。

それほど芸人を尊敬していた。

根は演芸好きの罪のない男だった。

ただ繊細さに欠けて、センスがなかった。

だからこそ何の芸も出来ないのだった。

乱暴で大雑把で、すぐに価値を見失った。

大切なものを失ってから、いつもその価値に気付いて後悔するオッチョコチョイだった。

古今東西どの物語でもそうだが、大抵は、こういう、すぐに価値を見失う人物が出てきて、その物語を混乱に導くものだ。

実に困ったものではあるが、また一方では、こういう人物が存在しなければ、物語は面白くも何ともならない。

我々の住む世界も同じようなものではないか。


実に厄介(やっかい)で、面倒で、世界はいつでも、ドタバタだ。

とにかく芸の無い強欲支配人は、チカブーの楽屋で、ただただその頭を床にこすりつけることしか出来なかった。

チカブーは、ずっと、呆けた顔で、椅子に座っていた。

強欲支配人に何を言われても、いくら謝られても、その声は耳に入っている様子はなく、ずっと、鼻水をたらし、ヨダレまでたらして、目は遠くをボンヤリと見つめたままだった。息を殺して、楽屋のドアからのぞき込み、その様子を見守っていた他の芸人達も、劇場のスタッフ達も、皆、心の中で、

……チカブーは、もうダメかもしれない。

と、思った。

その夜以来。

魔人チカブーは、もう二度と舞台に立たなかった。

そして、オリオン劇場も……まあ、もっともこちらは、元々お客の入らない寂れた劇場ではあったのだったが、元通り、お客が入らなくなり、専属だった芸人も一人二人と辞めていき、強欲支配人は、ある日、フッと、どこかへ行方をくらましたまま、二度と戻らなかった。

あれから、二十年。

かつて、天才と讃えられ、人々の喝采を浴び、誰からも尊敬された芸人であった魔人チカ

ブーは、今や、すっかり落ちぶれて、くたびれて、小汚い初老の男となって、場末のバーのカウンターで酒を飲んでいた。

小さな、埃（ほこり）まみれの、オモチャのような店だったが、店内はそれなりに賑（にぎ）わっていた。

チカブーは、ネズミ色のコートを脱ぎもせず、カウンターの一番隅っこで、ウイスキーをちびちびと、やっていた。

あれ以来、チカブーは隅っこにしかいたくなかった。

部屋の隅っこ。

道の隅っこ。

電車の隅っこ。

酒場の隅っこ。

世界の隅っこ。

隅っこが、何より落ち着く場所だった。

かつて一世を風靡（ふうび）し、その後見る影も無く落ちぶれた芸人というものは、大抵、皆そうだが、誰からも自分を見つけて欲しくないものである。

出来れば誰の目にもつかない場所で、ひっそりと過ごしたい。

チカブーは、どこにいる時も、そればかり考えた。

以前は、舞台の真ん中で、明るすぎる照明を全身に浴び、多くの人々の目を、どうやって自分に向かせるかということだけを考えていた。

今はその逆だ。

誰にも自分を見て欲しくない。

しかし、皮肉なもので、そうなってみると、人は意地悪なほど彼を見つけるのだった。

今も、チカブーの座るカウンター席の、一つ空いた隣の席にいる中年の男が、さっきから、チラチラと、こちらの顔を覗き込むようにしている。

チカブーは、かなり落ちぶれて、年老いてはいたが、皆を魅了した芸人特有の人懐こそうな丸顔は、あの頃のままだった。

またその目は、今でもやはり人を惹きつけるだけの魅力を持っていた。深くて優しそうだが、それでいて近寄りがたい。

そんな目をしていた。

一度、カリスマとまで呼ばれた人物は、いくら時がたったとはいえ、その輝きを全て、覆い隠すのはなかなか難しかった。

で、さっきからチカブーのことをチラチラと気にしている中年の男であるが、そんなに気になるなら早く声をかけて確かめればいいものを、わざとらしく妙に大きな声で咳払いしてみたり、溜め息をついてみたりしてるだけで、なかなかチカブーに話しかけてはこなかった。

ようするに、小心者である。

チカブーは、随分前からこの中年男が自分に気がついたということを認識していた。

出来ればこのままほっておいてほしかったが、こういう小心者のタイプに限って、自分の好奇心や欲求を抑えることが出来ないもので、最終的にはなんだかんだで、話しかけてくる。チカブーにはそれがわかっていた。

小心者の中年男は、キョロキョロあたりを見回したり、コップの水を一気に飲んでそれをお代わりしたりしながら、何故か既に額に汗までかいていた。

チカブーがウイスキーを飲み干し、空のグラスをバーテンに差し出すのを見ると、小心者の中年の男は、

「あっ」

と声を出した。

バーテンが振り返ると、中年男は笑った。

「……ははは」

「なんだい？」

と無愛想なバーテンは言った。

「いや。俺は、こんなキザみたいなこと今までしたことないんだけどね。……もし良かったら、そちらのお客さんに一杯俺の奢りで飲んでもらいたいんだ……」

と、言うと、チカブーの方を見てぎこちなく微笑み、頷いた。

バーテンがチカブーの様子をうかがう。

しばらく、何とも言えない沈黙と、気まずい空気が流れたあとに、チカブーは、笑い、中年男に、

「あぁ……。こんな、哀れな貧乏人に、酒を恵んでくれるんですかい、旦那さまぁ。ありがとうごぜぇますぅ」

と、戯けて言った。

中年男は笑って、

「いやぁ……そんな……。もし、失礼だったら……ごめんなさい……」

バーテンは中年男のボトルからウイスキーをつぐとチカブーの前に差し出した。

チカブーはそのグラスを持ち、中年男にニッコリと笑って会釈し、一口飲んで言った。

「今夜は飲み過ぎだ。これで最後の一杯にするよ」

「……ああ……はは……」

と、中年男は安心したように笑った。

薄暗い店内は、どんよりした喧噪に包まれていた。

あちこちで、酔っ払いの叫び声やら、愚痴やらが聞こえていた。

真夜中を過ぎ、中には酔いつぶれて寝ている客もいた。

中年男も、だいぶ長い時間この店にいたが、今日はちっとも酔いが回ってこなかった。

顔には自然と笑みが浮かんでくる。

子供の頃に憧れた芸人が、今、こうして、自分の近くに座っている。

しかもその芸人が、自分が奢った酒を飲んでいる。

……夢みたいだ。

そう、思った。

中年男は独り言のように言った。

「本当に……夢みたいだ。……魔人チカブーと、こうして……」

その後の言葉が出てこなかった。

中年男はあまり頭の良いタイプではなかった。

それは自分でもよくわかっていた。

いつも喋り始めて少しすると、自分が何を言いたかったんだかわからなくなってしまう。

今も「こうして……」と言ったあと、その先に何を言えばいいのかわからなくなった。

自分は、こうして何をしてるのか？

本来は、

「一緒に酒が飲めるなんて」

と言うつもりだった。

しかし、自分は別にチカブーと約束して一緒に酒を飲んでいるわけじゃない。たまたま入った店のカウンターで、たまたま近くに座り、頼まれてもいないのに、勝手に酒を奢った。

考えてみたら、それだけだ。

チカブーからしてみたら、一緒に酒を飲んでいるなんて意識はないかもしれない。

それに自分は、酒を一緒に飲んでいることが夢みたいなのではない。子供の頃の憧れの人をこの目で見られたこと。こんなに近くで、同じ空間に居合わせて、同じ時を過ごすことが出来たこと。そのこと自体が夢のようなのだった。

だったらそれをそのまま言葉にすればいいのだが、それではあまりにも長くなりすぎて、かえって嫌がられるのではないかと不安になった。

そんなことを考えているうちに、自分が今何を言うべきなのかをすっかり見失った。

どうでもいいけど、面倒くさいね。

まったく。頭が悪いクセに、いちいち考えることが複雑な男だった。

最初に思った、

「一緒に酒が飲めるなんて」

で、充分言いたいことは伝わったはずなのに……。

チカブーはその男の独り言のような言葉が、聞こえたのか、聞こえなかったのか。ただ黙ってウイスキーを飲んでいた。

中年男は、今度はチカブーに向かって話しかけた。

意を決したように。

「……ねえ……あんた、魔人チカブーだよな？……て、天才芸人の……チカブーだろ？

……」

チカブーは、少し困ったように、

「……昔はな」

と、中年男を見て笑った。

「……やっぱり！」

中年男は興奮して言った。

「俺はガキの頃、あんたの大ファンだった！　あんたの芸が大好きだった……」

そう言うと、

「はは」

と笑い、落ち着くために酒を一口飲み、そのあともう一度水を飲み直し、言った。

「……あなたの、あの芸を見たんだ。マボロシの鳥を……」

チカブーは黙っている。

中年男は言った。

「……あんなに凄(すご)いもんは他に見たことないよ……今でも、俺は、子供や女房に自慢するんだ。若い連中にも……俺の、……唯一(ゆいいつ)の自慢話だよ……はは……」

中年男はまた酒を飲んだ。

少しして、チカブーは言った。

「……そりゃ、悲惨な人生だな」

「えっ？」

戸惑う中年男にチカブーは笑って、

「あれが唯一の自慢話だとしたら、キミも相当悲惨な人生を送ってるんだな」

中年男は慌てて、

「いやぁ！　そんなこと……ああ……はは……そうなのかな？……まあ、確かに俺の人生はそれほど大したもんじゃないけど……でもあれは、本当に凄かった！……なんて言ったらいいのかな……本当に、凄い鳥だったんだ……なんて言うか……」

中年男はまた言葉を探し始めた。

「わかるよ」

と、チカブーは言って、ウイスキーを飲んだ。

中年男はチカブーを見つめた。

チカブーは、笑ってうなずき、

「……言葉で説明するのは難しいけどな。……良い鳥だった」

「あぁ……なんか、申し訳なかったかな……こんな話して……」

「いや。なれてるよ」

「……あ、あなたの、あの鳥が逃げたって聞いた時は、信じられなかった。……あのオリオン劇場のクソ支配人！　最低だ！」

チカブーは、

「ふんっ」

と笑った。

中年男は慌てて言った。

「いや！　本当に最低だと思ったよ！……あいつは、世の中で何が重要なのか、全くわかってなかったんだ。俺はあの頃、まだガキだったけど、それだけはよくわかったよ。友達とよく話したんだ。みんな同じ意見だった。……みんな、あなたのファンだった。……中にはオリオン劇場に火をつけてやろうなんて奴もいて。……俺達は本当に、夜中に忍び込んだんだ。……でも、結局、お巡りに見つかってさ……」

チカブーは笑って言った。

「……迷惑かけたな」

「いや！　そんな。……あの夜はドキドキして……こう言っちゃなんだけど……最高だったよ。……今でもあの頃の連中に会えば、あの夜の話ばっかりだよ。……なんていうか、……バカ話だけど、宝物みたいだよ……はは、あの時、もっとこうしてれば、燃やせたんじゃないかとかさ……一人、声のデカイ奴がいて、そいつがギャーギャー喋ってたから見つかったんだ。そいつはいまだに責められてるよ。……俺達は、今でも会えば、あの劇場どうやって燃やすかって、相談してるんだよ。……はは……考えてみたら確かに、悲惨な人生かな……」

「嬉しいよ」

と、チカブーは言ってウイスキーを飲んだ。

中年男は、申し訳なさそうに笑った。

……いつもこうだ。

と、中年男は思った。

……話が……、また空中にかき消えてしまった。

……まるで鳥みたいに。

……俺の話はいつも、途中でどこかへ消えてしまう。

中年男は、今夜ばかりは、

〝一番言いたいこと〟

をここから逃がすまい。

と、決意した。

「……あの、……せっかく一人で静かに飲んでるのに、何度も話しかけてしまって……なんて言うか……」

チカブーは笑って首を振った。

「あのクソ支配人の悪口だったらいつだって大歓迎だよ」

今まで黙っていたバーテンが思わず吹き出した。

中年男も、チカブーも、一緒に笑った。

中年男は、椅子をグルリと回し、体ごとチカブーの方に向き直ると、緊張したような青ざめた顔で言った。

「……俺は、あなたがあれ以来ステージに上がってないって聞いてる。……あの鳥が逃げてから、一度も舞台に立ってないって。……芸を捨ててしまったって……」

チカブーは困ったように顔をしかめて見せた。

イタズラを親に見つかった時の子供のような、どこかふざけたような、この男特有の表情だった。

「そう言や、そうかな。……あれから……うん。舞台どころか、劇場にすら行ってないな。……見たい芸人もいないしな……最近の連中のは、どうも……芸というか……」

そこまで言ってチカブーは、ペロッと舌を出した。

「あぁ……何言ってんだかな。……現役の連中の悪口言うようになっちゃ、俺もいよいよ最低だ。若い頃は、こういう古い偉そうな奴らが一番嫌だったんだ。……うへっ。今日は調子に乗って飲み過ぎたか……」

そう言って、そろそろ席を立とうとするチカブーに、中年男は言った。

「あの……俺は、あなたが、やめてしまったことが、とても残念なんだ」

「……まぁ、……確かに。俺も残念だよ」

「ごめんなさい。ただの素人(しろうと)が、こんな生意気なことを言って。……ただ、俺は、あなたにもし会うことがあったら、これだけは言いたいって思ってた。……って、もちろん、会えるなんて今日まで全然思ってなかったんだけど。……でも、本当にあの頃からずっと思ってたんだ。……だから、考えてみたらおかしな話なんだけど。……もし、あなたにどこかで会うことがあったら、もう一度、舞台に立つべきだって言おうって……」

そこでまた中年男は言葉を失った。

その先、何を言えばいいのか、急にわからなくなった。

話は、

……また空中に消えた。

と、中年男は思ったのだが、それはこの男の間違いだった。

中年男はこの時、言いたいことを全(すべ)て言い終わっていた。

他に言いたいことなど何もなかった。

この男がチカブーに言いたかったのはこれだけだった。

「もう一度、舞台に立つべきだ」

それ以外に言いたいことなど、何もなかった。

だから、それを言ってしまった中年男に、次の言葉が出てこないのは、当たり前だった。

しかし、そのことを理解する頭を持ってなかった中年男は、いつものように、アワアワと、次の言葉を探していた。

バカだね。

チカブーは、呟(つぶや)いた。

「……立つだけなら出来るけどな。ただつっ立ってたって、何も出来なきゃ仕方ないだろ」

中年男は、必死に言葉をしぼり出した。

「……何も出来ないはずない……ええと、何て言うか……あなたほどの、素晴らしい才能があれば……きっと……鳥じゃなくたって……あ、素人の俺が、こんなこと言うの、失礼ですけど……その……きっと、何か……」

と、今度はここで言葉を失った。

それは、何ともこの男らしい、自信の無い、まとまりの無い、言いよどみ方だった。

それでも、中年男の、言おうとしていることは、充分チカブーに伝わっていた。

「……何か別の、芸か？」

中年男はうなずいた。

チカブーは言った。

「キミは俺の何が見たい？」

中年男はまた、言葉に詰まった。

そして、また自己嫌悪におちいった。

ここが、一番重要な場面だということはわかっていた。

その重要な場面で、また言葉を失ってしまった。

チカブーは大笑いして、言った。

「……ごめんな。キミを困らせようとしているわけじゃないんだ」

そう言うとチカブーはウイスキーを一口飲み、そのグラスを眺めながら言った。

「……この世で一番幸福なことは、誰かに必要とされることだ……」

中年男は、何かを言いたかったが、何も言えなかった。

チカブーは言った。

「ありきたりなセリフだけどな。本当にそうなんだ。……俺は、あの鳥を失ってそれがよくわかった」

チカブーはウイスキーのグラスを目の前に掲げて、溜め息混じりに言った。

「……あの鳥がいた頃は、こういうグラスでも、キラキラ輝いて見えた。氷の光や、水滴や、酒の琥珀色や、水の反射や……そういうものが、綺麗に見えたんだ」

中年男は、自分のグラスを見つめた。

チカブーは、言った。

「才能っていうのは、そういうことなんだ。……あの鳥がいなくなってから、俺は何を見ても、綺麗に思えなくなった。花を見ても、星を見ても……どんな女を見てもな」

チカブーは笑った。

中年男は言葉を失ったままだった。

「キミは……花を見て、なぜそれが綺麗だと思えるか、わかるかい？」

「……なぜって、それは……」

また、絶句した中年男にチカブーは言った。

「その花に、自分が必要とされているって思えるからだ。……花に自分が必要とされてる。なんて、おかしな言い草だけどな。本当にそうなんだ。キミが花を見て綺麗だと感じている時は、必ずその花はキミを必要としてるんだ。だからこそ、キミはこの世界には自分が必要だって、そう感じることが出来るんだ。俺はあの頃、その辺の石ころが宝石に見えたんだよ」

中年男はジッと考えていた。

チカブーは言った。

「芸人が、なぜ、自分の芸をお客に見せたいと思うか。わかるかい？」

「……その、……お、お客を……」

「お客を喜ばせたいとか、楽しませたい、なんて言うのは、後から付けた理屈だよ。一番の理由は、この客には、今、自分が必要なんだって、確認したいからだ。自分の芸を見て、一人でもお客が笑ったら、その客に自分は必要とされているって信じられるんだよ。芸人は、いつもその確認をするために舞台に上がるんだ。客を幸福にする為じゃない。自分が幸福になる為に舞台に上がるんだ。……俺のあの鳥は、本当にたくさんのお客に必要とされていた。そしてあの鳥は、まさしく、俺の鳥だった。だからこそ、この世界は俺を必要としたんだ」

当然のことながら……。

中年男は口をつぐんだままだった。

そしていつもの、自己嫌悪だった。

……言うべきじゃなかった。

中年男はそう思った。

……俺なんかに、何がわかる。

と。

……もう一度、舞台に立つべきだ、なんて。そのことについて、本人がどれほど今まで考えたことだろう。何も知らない自分が、ただの思いつきで口にするべき言葉じゃなかった。

と。

……俺はいつもこうだ。調子に乗って喋りすぎて、誰かを傷つける。今夜は、よりによって、憧れの天才芸人を傷つけてしまった。いつか、こんなことをやるんじゃないかと思っていた。だから、気をつけていたはずなのに。

と。

……本当に俺は、ろくなことを喋らない。なぜ、俺のバカは治らないんだろう。なぜ、このバカな俺は、何度も同じことを繰り返すんだろう。

と。

中年男は自分を責め続けた。

はぁ。何だかなぁ……。

何も、そこまで自分を責めることはないのに……。

この中年男。確かにそれほど頭が良いとはいえないが、自分で思うほどバカでもなかった。

しかし、もうこうなってしまうと、それはまるでスパイラルのように、止まらなかった。

考える頭もないクセに、グルグルと考えすぎ！

それは、この中年男の悪いクセでもあった。

中年男はいつまでも自分を責め続けた。

実は、この、小心者の、無邪気な中年男がこの時言った言葉は、実際、それほど悪い言葉でもなかったのに……。


「もう一度、舞台に立つべきだ」


それこそ、チカブーが、一番、この世界の誰かに言ってほしかった言葉だった。

あの鳥を失った時からずっと。

この落ちぶれた芸人が、世界の隅っこにしかいられなくなってからずっと、誰かにそう言ってほしかった一言だった。

つまり、中年男が、

〝一番言いたかったこと〟

は実は、チカブーが、

〝一番言われたかったこと〟

だった。
ずっとずっとそうだった。
でも、そのことに、この中年男も、チカブー自身も、気がついていないだけだった。

全く、なんとも、やれやれだね……。

さてさて。
またまた場面は変わって、ここは、勇者タンガタのいる世界。
その鳥を捕まえることが出来た者は、永遠の幸福を手に入れることが出来る。
そう伝えられた幻の鳥を、神の山の頂上で、タンガタが捕まえた、あの世界だ。
本当に、ややこしくて申し訳ない。

こちらの世界では、タンガタが鳥を捕まえてから、かなりの年月が流れていた。「かなりの」っていうのも、随分アバウトな言い方だ。

どれぐらいの年月かというと、まあ、青年だったタンガタが、今や、すっかり壮年の、その髪にちらほら白髪も混じるほどの、ダンディなおじ様になるぐらいの年月だと思ってほしい。

タンガタは、この世界の王として、まさに君臨していた。

青年時代のあの日。

神の山と呼ばれる山の頂上で、いとも簡単に幻の鳥を捕まえて以来、タンガタは全ての人々に尊敬され続けてきた。

もっとも、鳥を手に入れる以前からタンガタは尊敬されていたのではあったが。

そこに鳥が加わってからのタンガタの尊敬されっぷりといったらなかった。

人々はタンガタを尊敬しすぎて直視出来ないほどだった。

それはまるで神のようであり、太陽のようであった。

その姿を肉眼で見たら、目が潰（つぶ）れちゃうんじゃないかと、誰もが思った。

だから、たまたま道端でタンガタとすれ違いそうになったりすると、みんな慌（あわ）てて目を伏せた。

もっともこれじゃ、好かれてるんだか、嫌われてるんだかわからないけど……。

とにかくタンガタは、生きながらにして伝説の人となった。これも、生きてんだか死んでんだかわからないけど……。

で、人々の尊敬を一身に集め、好奇心旺盛で、強く優しいタンガタが、何をしたかというと、そこに社会を創った。

抽象的な言い方で申し訳ない。

でもそういうことなんだから仕方ない。

タンガタは人々の間の決まりを作り、それを守らなかった時の罰を作った。

そしてその決まりを守って過ごしている限り、強い人も、弱い人も、その中で安心して生きていけるようにした。

タンガタは誰よりも勇敢で強かった。

でもそれ以上に誰よりも優しかった。だからこそ、自分よりも弱くて、自分よりも不器用な人々を守らなきゃ、って思った。

偉いね。

だからタンガタはそのことばかりをコツコツ考えた。

で、考えて行動しているうちに社会が出来てたってことだ。

気がつくとそこに街が出来、商売が発生し、いつのまにかそれは国家になっていた。

まあ、国家と言っても、その世界では他に別の国家があったわけではないから、そこにいる人々がそれを国として意識していたわけではないけれど。

我々から見ればそれはまさしく国家の誕生だ。

というより、それが、その世界の文明の誕生だった。

なんだかヤケにスケールの大きな話になってきたが、タンガタやそこにいる本人達にしてみれば、それほど大げさなことをしているつもりはなかった。

ごくごく自然な流れでそうなったのだ。

タンガタは力を持ち、才能を持ち、誰よりも新しい考えを持っていた。

それは誰から見ても圧倒的だった。

皆、タンガタの魅力に魅せられていた。

だから、この人の言うことを聞きたい。

と、そう思った。

で、言うとおりにしてれば大丈夫だろう。

と、素直に信じた。

信じたとおりに進んでみたら、そこに文明が出来ていた。

自然な流れだ。

で、その自然な流れの中でタンガタは、更に人々から尊敬されるようになった。

信じて、実行し、確認して、また尊敬する。

これを何度か繰り返すうちに、タンガタは誰も直視出来ないほどの存在になった。

というわけで、髪に白いものが混じるぐらいのいい年齢に達したタンガタは、今、全（すべ）ての街が見下ろせる高台の上に建つ大きな城に住んでいた。

まさに、この国の王として。

タンガタは、幸福だった。

毎日そこから我が子のような街を見つめ、社会を見つめ、人々がそこで元気に暮らしている様子を見つめることが、何より幸福だった。

人々にとってタンガタが眩（まぶ）しいように、タンガタも人々が眩しかった。

そして、タンガタの傍らにはいつも、あの鳥がいた。


その鳥を捕まえることが出来た者は、永遠の幸福を手に入れることが出来る。


太古の昔から、そう伝えられた幻の鳥は、いつもタンガタの傍らにいた。

もしも鳥がいなかったら？

タンガタはこれほど幸福だったろうか。

もしも鳥がいなかったら？

この国に文明はつくられたろうか。
タンガタは、鳥を捕まえたから、これほどのことが出来たのか。
それとも、これほどのことが出来る男だったからこそ、鳥を捕まえられたのか。
それはわからなかった。
タンガタも、そのことについて、いつも考えたが、わからなかった。
ただ、鳥にずっと側にいてほしいと思っていた。
鳥を失うことが恐ろしかった。
何も、王として君臨し続ける為に鳥を側に置いたんじゃない。
この国を繁栄させ続ける為に鳥を側に置いたんじゃない。
ただ単純に、鳥を失うことが恐ろしかったのだ。

だから鳥を、鳥籠に閉じ込めた。
逃げてしまわないように。
飛んで行ってしまわないように。

鳥籠。

と言ったって、インコを飼うような小さな鳥籠に閉じ込めたわけではない。

それは人が何人も入れるような大きな鳥籠だった。

王であるタンガタの玉座よりも広いほどの空間だった。

鳥はそこで自由に動き回れた。

ただ、周りと上を柵で囲ったのだ。


飛んで行ってしまわないように。


鳥も、最初から逃げる素振りも見せなかった。

柵がなくても逃げなかったかもしれない。

ただタンガタは、鳥を失う不安を取り除く為に、自分の恐怖を取り除く為に、その柵を作ったのだ。


鳥が逃げてしまわないように。

しつこいかな？　わかるよね？　この気持ち。

さて。

ここからがこのタンガタの、少し変わったところだ。

もともとこのタンガタは、君主としては、我々の知る他の君主とは、少し違っていた。

タンガタは、自分が手に入れたものを見つめて、

……持ちすぎた。

と感じるヘンテコリンな男だった。

若い日。神の山に登って幻の鳥を得、国家を得、文明を得、幸福を得た。

その自分の得た全ての物を改めて見つめて、

……持ちすぎた。

と、そう感じていたのだ。

まあ、変わり者だ。

我々の知る他の君主やら指導者やら将軍やら天下人やら支配人やら……支配人……は、違うか？　急にスケールが落ちるな……。

つまり世界の覇者(はしゃ)と呼ばれる人々は、なかなかそんなこと、考えない。

別に覇者じゃなくてもそうかな。

誰だろうと人は、一度苦労して手に入れたものは二度と手放すまいと思うのが当たり前だ。

いやそれ以上に、もっと、もっと、と。

より前へ、より先へと、進もうとするものだ。

科学も、経済も、政治も、学問も。

全てはその前提の上にある。

だからこそ文明は進化する。

ところがタンガタは違った。

……俺は、持ちすぎた。

と、思っていたのだ。

実は、これを感じるかどうかが、人間が、暴君になるかどうかの、大きな分れ目だった。

タンガタは思った。

……俺は子供の頃から物事を理解する能力に恵まれていた。そして人よりも力を持っていた。勇気も、好奇心も、行動する力も、苦難に打ち勝つ強さも備わっていた。その上、幻の鳥を手に入れ、国をつくり、人々の信頼と愛情までも手に入れた。そして今、おそらく今まで誰も到達したことがないほどの幸福の中にいる。

……俺は、持ちすぎている。

はぁ。
言ってみたいね。こんなこと……。
我々からしてみたら、こんなことほざいてるタンガタはただのバカだ。
ところが、時々、バカがとんでもなく大きなことをする。

タンガタは、
……鳥を手放そう。
と思った。
実は、もうずっと前からそのことを考えていた。もしかすると、捕まえた時から……。
タンガタは、鳥を見つめた。
鳥は、あの時と変わらず、美しく輝いていた。

時が止まったかのようだった。

……ずいぶん、時間がかかってしまった。
と、タンガタは思った。

鳥を手放す勇気を得るまでに。
という意味だ。
そりゃそうかもしれない。
鳥を見るたびに時間が止まったように感じていたのだから。
それでもタンガタは常に、
……鳥を手放さなければいけない。
と、そう思っていた。

せっかく手に入れたものを手放そうと思えること。


このことは、誰にとってもかなり重要なことだったが、特に指導者と呼ばれる立場にある人物が、これを思えるかどうかが、その文明の行く末を決める。

これを思えない指導者のもとの文明は、破滅するとまでは言わないが、かなり悲惨な状態になることは確かだ。

まあ、知ってると思うけど……。

我々の知っているほとんどの文明は、大抵そういうことで滅びてる。

「手放すもんか！」が原因で。

で、タンガタは、自分が手にしたものを、

……手放そう。

と思える人だった。

……俺は持ちすぎた。

と。

そういう意味ではタンガタは、やっぱり大した指導者だった。

ちょっと待て！　うちらのボスは全然そうじゃないじゃないか！

などと嘆いてはいけない。

これは、あくまでもタンガタのいる、この世界での出来事だ。

この世界だからこそ起きた、奇跡だ。

無理矢理、自分達もこうしようなんて思っちゃダメだ。

自分達の指導者がそうじゃないからって、それで批判しちゃいけない。

それはそれで無理もないんだ。

この世界ではタンガタ以外の指導者はいなかった。

タンガタが築いた文明以外の文明は存在しなかった。

つまり無風状態だった。

もし、他の指導者がいて、他の文明があったら、もしかしたら、タンガタだって、のんきにこんなこと思えなかったかもしれない。

あるいは、この世界の王が、タンガタじゃなくて別の誰かだったら。

その誰かもきっとこんなことは考えられなかったろう。

自分が幸福で、人々から愛される重要な要素である、もしかしたら一番の要素であるかもしれない鳥を、わざわざ手放そうとするなんて。

他の誰かならそんなことは思えない。

じゃあ、なぜタンガタはそう思えたのか。

鳥は、逃げようとするわけでもなく、柵の外に出たい素振りをするわけでもなかった。

タンガタの側にいて、いつも満足そうだった。

それでも〝何か〟が、タンガタにそう思わせた……。


〝何か〟

漠然としてるね。
実は、この、
〝何か〟
が、我々が普段呼んでいる、
〝世界の秘密〟
というやつだ。
なぜ生きるのか？
なぜ喜ぶのか？
なぜ悲しむのか？
なぜ笑うのか？
その他もろもろ……。
つまり、
〝世界の秘密〟
だ。

タンガタは、鳥を捕まえた時からずっと胸騒ぎがしていた。

……どこかの誰かが、この鳥を必要としている。

と。

〝何か〟

が、タンガタにそう思わせた。

タンガタは、自分の心臓の上に手をあてて、

……俺はもうすでに鳥を持っている。

と、思った。

自分が大好きな街を見つめながら、そう思ったのだ。

そして……。

タンガタは鳥籠に近づいた。

鳥を放す為に。

鳥は、いつものようにタンガタを優しく見つめた。

もちろん。

時が、止まりそうだった。

しかし、タンガタの決意は揺るがなかった。
……どこかの誰かが、この鳥を必要としている。
タンガタは、もう一度そう思った。
そして、鳥籠の扉を開けた……。

鳥は、籠から出るとタンガタを見つめ、次に空を見つめた。
そしてパッと羽を広げ、羽ばたいた。
一気に空に昇った。
振り返りもせずに。

こうしてタンガタは、鳥を手放した。

鳥は飛んでいった。
鳥は上へ上へ、空へ空へと上がっていくとあっという間に見えなくなった。

タンガタは、傷ついた青年のような気持ちだった。

いや。実際、青年のままだった。

この世界では髪の毛に白髪が混じり始めてるけど、気の遠くなるほど無限の時間の中では、タンガタといえどもまだまだ青年だ。

もちろん、我々も皆、青年だ。

タンガタは、鳥が消えていった空を見上げ、早くも後悔していた。

鳥を手放したことを。

そりゃあ、もう、立ち直れない程、後悔していた。

……自分は何てことをしてしまったんだろう。と。

……取り返しのつかないことをしてしまった。と。

ビックリするほど傷ついていた。

誰でも、生まれて初めての一歩を踏み出す時は、ビックリするほど傷ついたりもするもんだ。

それでもタンガタは、その苦しい気持ちの中で、……この傷はきっと癒える。

と、必死に自分に言いきかせていた。

その一方で、

……きっといつか、また、あの鳥に会える。

とも、思ったりしながら……。

そういう意味ではタンガタは、やっぱり大した青年だった。

ところで。

タンガタに、鳥を手放そうと思わせた、

〝何か〟

タンガタに胸騒ぎをおぼえさせた、

〝何か〟

我々が普段、

〝世界の秘密〟

と呼んでいる、

〝何か〟

だが……。

実は、〝秘密〟と言いながら、タンガタも、我々も、それが何かをとっくに知っている。

あなたも、彼も、彼女も、みんな。もうすでにそれを知っている。

ビックリだね。

その、

〝世界の秘密〟

とは、この時まさにタンガタが感じていたことだ。

……自分は誰かと繋がってる……。

そして、

……この世界は、別のどこかと繋がってる……。

……さてさて。

この、口からでまかせみたいな話も、そろそろ終わりだ。

最後の場面転換。

戻ってきた世界は、お察しの通り。

魔人チカブーがいる世界だ。


その世界の隅っこの路上に、くたびれた老人が立っていた。

路上というのは、かつてそこにあのオリオン劇場があった場所の前の道端で、オリオン劇場の跡地には、近々大きなビルが建つらしく、その周りは塀とシートで覆(おお)われ、中は見えなくなっていた。

かつてそこに劇場があったことなど、もう若者は誰も知らなかった。

で、くたびれた老人というのは、もちろん我らがチカブーだ。

ヨレヨレのコート。背中は曲がり、背は縮み、風が吹いたら倒れてしまいそうなおジイちゃんだった。


〝もう一度、舞台に立つべきだ〟

場末のバーで、何も知らない、ズブのド素人からそう言われて腹を立て、年甲斐もなく芸談を一席ぶって、ほとほと自分に愛想が尽きたあの時から、さらに十年以上の月日が流れていた。

よくまだ生きてたもんだ。と言っても、見た目もうすぐ死んじゃいそうだけど……。

当然チカブーは、あれからずっと舞台になんか立ってない。

鳥を失った時からずっと。

相変わらず、世界の隅っこにしかいたくなかった。

誰にも見つかりたくなかった。

舞台を降りてからしばらくは、芸人だった頃の蓄えで、フラフラと放浪していられた。

あの中年男と場末のバーで出くわして何だかんだと理屈をこねたのも、この頃の話だ。

あれからすぐに蓄えは底をつき、職を転々とした。転々としたと言ったって、そうそうロクな仕事が出来るわけじゃない。

芸人だ、芸術家だ、と威張っていたって、いざとなれば、これほど潰しのきかない商売はない。

選挙に落ちればただの人、と政治家は言うが、芸人は舞台を降りたらただの人にすらなれない。

いくら落ちぶれたとはいえ、かつてはカリスマと呼ばれた魔人チカブーだ。演芸に少しでも関わる仕事なら、その気があれば何かを語るにしろ、若い連中に教えるにしろ、なんらかの食い扶持は見つからないわけでもなかった。

この世界では、むしろそっちの方が金儲けにはなったりする。

この世界。いかにレッスンプロの多いことか。

自分は一度もお客をクスリとも笑わせたこともないヤツに限って、元・芸人という自己申告の肩書きで、まあ、適当なことを語ること語ること！

何が育成だ。何が芸の伝承だ。

演芸の世界に教科書などない。

たかが、見せ物、演し物だ。

追求したいヤツは勝手にする。

育ちたいヤツは人に教わらなくても勝手に育つ。

教えるなどと言い出すヤツが教えるほどの芸を持っているわけがない。

あったら自分でやっている。

他人に教えてるヒマなんかあるもんか！

本当にマヤカシだらけでロクなもんじゃない。

……また脱線したようだ。

とにかく、チカブーにはその気はなかった。

自分は芸を捨てた身だ。いや、芸に捨てられた男だ。

二度と演芸の世界には近寄るまいと思っていた。

だから、ギルド・組合といったものにも所属していなかった。

誰とも関わらない。

誰の世話にもならないと決め、世界の隅っこで生きてきた。

そう言いながら、時にはホームレスのような生活をし、その都度社会に保護され、守られながら細々と暮らしてきた。

誰にも見つからないように。

誰とも関わらないように。

なんとも偏屈（へんくつ）で厄介な老人だった。


で、そのくたびれて、風前のともしびのようなチカブー老人が、たった今、立っているのは、かつて、あのオリオン劇場があった場所。

思い出したくもないはずの、あの場所の前の道端だった。

チカブーはもちろん、あれ以来、この場所には近寄らないように過ごしてきた。

もうとっくに劇場は無くなっていたが、その前を通りかかれば、必ず、あの夜のことを思い出すのはわかっていた。

あの悪夢のように滑稽(こっけい)な夜。

鳥を失った夜。

あの夜のことを自分の記憶から消すことが出来たら、どれほど楽になるだろう、と、何度も考えた。

だから、チカブーは絶対ここに近寄らなかった。

もう何十年も、気をつけて、この場所を避けてきた。

それなのに。なぜ、今日はここに来たのだろう。

あの劇場のあった場所なんかに……。

その理由はチカブー自身にもわからなかった。

ふと、気が向いたのだ。

今や、すっかりフーテン老人となって、社会から保護されながら、気ままな生活をしていたチカブーは、夕方になるとフラフラと街を散歩するのが、その日課となっていた。

散歩と言うか、徘徊と言うか……。

で、その日も、いつものようにあてもなく街をほっつき歩いて、いつも立ち寄る公園のベンチに座り、子供達がサッカーをして遊ぶ様子を眺めていた。

良く晴れた日で、冬にしては昼間暖かかったが、さすがにそろそろ少し冷えてきたと感じた頃。

見るとあたりも暗くなりかけて、子供達も、サッカーボールの行方を見失い始めていた。

ベンチの脇の街灯が灯り、空を見るとオレンジが滲んだような色だった。

その時、チカブーはふと思った。

……帰りに、あの辺を通ってみよう。

なぜ、そんな気になったのか。はっきりとは、説明出来ない。強いて言うなら、何かが、チカブーにそう思わせた。

としか言いようがない。

またまた登場、あの、

〝何か〟

例の、

〝何か〟

だ。

つまり、

〝世界の秘密〟

だ。

というわけで、

チカブーは、今、懐かしいあの場所に立って……。

というより、呆然と立ちつくして……。

なんと。

泣いていた。

その目から大量の涙を流し、鼻からも大量の鼻水をたらし、見ていられないほどのバカ面をして……。

道行く人々は皆、その汚いジイさんを見ると、一瞬歩く速度をゆるめ、何とかしてやろうかと思うのだが、よく見ると、ボタボタと、涙と鼻水を垂れ流している様子に、「うわっ」と、顔をしかめて立ち去っていった。「誰か何とかしてやれよ……」と思いながら。

チカブーは、そんな周りのことなどお構いなしに、ただただ、無言で泣いていた。

ある一点を見つめて……。

チカブーが見つめるその視線の先には……。

鳥がいた。

あのマボロシの鳥がいた。

それは、絵だった。

絵画だ。

まあ、絵画と言っても美術史に残る程の名作なんかじゃない。

路上で売ってるぐらいだから、安物の絵だ。

どこの街でもたまに見かける、路上の絵画売りだった。

誰が買うんだろう？　なんて思いながら眺めていると、時々、お、あれは良いな、なんて思う絵があったりするけど、だからといって買おうって気には、なかなかならない。

何となくうさんくさい、アレだ。

オリオン劇場があった場所は、丁度今工事中で塀が立っていて、その前の道端は、絵を並べて店を開くには都合の良い場所だった。

どこかの店先ってわけでもないし、そこで絵を売っていても、誰にも文句を言われなかった。

だからといって、よく売れるってわけでもなかったけど……。

とにかく、そこに広げられた幾つかの絵の中の一つに、あのマボロシの鳥が描かれていたのだ。

鳥は、その絵の中で羽を一杯に広げて、空を飛んでいた。

チカブーは、その絵の前に立ちつくし、ジッとそれを見つめて、涙を流していたのだった。

何十年かぶりの涙を。

それにしても不思議だった。

チカブーの鳥は、見る人によってそれぞれ、その姿形が、違って見えるというのが特徴だったはずだ。

そして確かに、チカブーが今見ているこの絵に描かれた鳥も、チカブーの記憶の中の鳥の姿とは、何だか少し違っているように感じた。

いや。もしかすると全然違っているような気もした。

それでもこれは、確かにあの鳥だ、と、確信できた。

……この鳥は、あのマボロシの鳥だ。

と。

……俺の芸だ。

と。


「俺はあの夜、ここにいたんだよ」

絵画売りの男がチカブーに言った。

チカブーはそう言われて、初めて絵の後ろに男が座っていることに気がついた。

もうどれぐらいその絵の前で立っていたことだろう。

辺りはすっかり暗くなり、人通りも少なくなっていた。

時が、止まっていたようだった。

男がチカブーに言った。

「俺は、あの夜、オリオン劇場の客席にいたんだ。まだ、ちっちゃいガキだったけど。親父に連れられて、あんたの芸を見たんだよ。あの鳥を見たんだ。……それがきっかけで、画家を目指した」

男は、照れたように言った。

「いつまでたっても、大した絵は描けないけど……その鳥は、自信作だよ」

チカブーは、ようやく笑って、うなずくと、男に言った。

「キミは、巨匠だ」

男は笑って、

「はっ、よく言うよ！」

と言いながらまんざらでもない顔をした。

チカブーは、もう一度、絵の中の鳥を見つめ、言った。

「……二度と会えないと思ってた」

絵画売りの男は、嬉しそうにチカブーを見つめた。

……今さら舞台には立てないが……。

と、チカブーは思った。

……いや。舞台って何の舞台だ。こうして、俺が立っている場所が俺の舞台じゃないなら、どこに舞台がある。俺はまだ、これからだ。

と。

そんな、青臭いことを思えた。

そういう意味ではチカブーも、なかなか大した青年だった。

そしてチカブーが、その絵を最初に見つけた時。

つまり、戻ってきたマボロシの鳥を、その道端で見つけた時から……。

ずっと感じていたのは、やっぱりこういうことだった。

……この世界は、きっとどこかと繋(つな)がってる。

冬の人形

通夜の夜、一通り弔問客が帰った後の部屋は静かだった。

冬子は、畳の上の布団に横たわっている父の亡骸をぼんやりと見つめていた。

「雪、降ってきたみたいね……」

客を送り戻ってきた兄嫁が言った。

「……お義父さん、雪好きだったから……きっと喜んでるわ」

そう言いながら、隣の客間でテーブルの上の片づけをする兄嫁に、

「あ、義姉さん、あたしやるから」

「いいのよ、冬ちゃん。久しぶりなんだから、ゆっくりお別れしてあげて……じっくり顔見たいだろうから……」

「今さらあたしの顔見たって喜ばないわよ、この人……」

冬子は薄く笑いながら言った。

兄嫁は、それには答えずに黙って片づけを続けた。

部屋には、線香の匂いとは別に、馴染みのある実家の匂いがしている。

❄

冬子がこの家を出て、三年の月日が過ぎていた。

父が倒れたという知らせを聞いてからも、病院に一度、見舞に行ったきりだった。

冬子が病室の入口に立つと、ベッドの上の父はちらりとこちらを見たが、すぐに再び天井の方へ向き直り、目を閉じた。

それきり、何も話さなかった。

間に立たされた兄嫁が、冬子に目で合図をしたが、冬子もまた、父に声を掛けることをしなかった。

冬子は聞こえるか聞こえないかの声で呟いた。父は動かない。

「……子供みたい」

「ママ……」

春子が冬子の手をギュッと摑んだ。

左手にはいつもの人形を抱き、右手は冬子の手を握りしめている。

父は春子の声に、少し反応したようにも見えた。それでもこちらを向くことはなかった。

……子供みたい。

とは、自分に向けた言葉でもあった。

父はきっと、春子の成長した姿を見たいだろう。そう思って、春子を連れてここへ来たはずなのに。

春子は八歳になっていた。

「……ママ……帰ろう……」

たった三年会わなかっただけだが、時間と病は、父の風貌(ふうぼう)をすっかり変えてしまっていた。

冬子ですら病室に入った瞬間、父を見違えた。

ましてや幼い春子が、父を見て、かつてのお祖父(じい)ちゃんとわからなくても無理はないかもしれない。

ベッドの上の老人を春子は恐れているようだった。

五歳まで一緒に住み、自分を可愛(かわい)がってくれた優しいお祖父ちゃんのイメージと重ならないのかもしれない。

❄

母と早くに死に別れ、父は男手一つで冬子と兄を育てた。男親であるが故に気が回らない部分もあり、冬子は寂しい思いをしたこともある。

もともと無骨な人であった父は、戸惑いながら恐る恐る冬子を育てた。兄には気安く言えることも、娘には気を使い、ぎこちなくなるのを冬子の側も感じながら育った。

そのぶん、冬子も父に物を言えないところがあった。母親と選んだという、友達の着ている洋服が羨ましくて、一人で泣いたこともあった。それでも、駄々をこねて父を困らせた記憶はない。父の選ぶ服はいつも、少し地味で、時代遅れのようでもあったが、冬子にはよく似合った。でもたまには、少し似合わなくても、女同士で騒ぎながら選んだような、派手な服も着てみたい。そう思うこともあった。

春子が生まれてから、父は春子に派手な服ばかりを買ってきた。冬子から見るとそれは、どこかトンチンカンで間が抜けていた。しかし、幼い春子は冬子の選ぶ地味な服を嫌い、父の選んだ服の方を着たがった。

冬子はそれが、父が、自分を育て直しているように思えて癪だった。

春子が、父の反対を押し切ってシングルマザーの道を選んだ自分のようにならないようにと。

大らかで明るく、誰にでも可愛がられるように、無邪気に育つようにと。

春子は父に甘えるだけ甘え、父も春子を手放しで可愛がった。

……着せ替え人形みたい。

父の買った服を着てはしゃぐ春子を見てそう思った。

あの時、子供を生んで自分一人で育てる、という冬子の決断を、父は否定した。

「お前はそれでいいかもしれないが、子供はどうなる。どれほど寂しい思いをするか……」

「片親の寂しさは、あたしが一番わかってるわ」

言ってすぐに後悔したが遅かった。

「……それほど寂しくもなかったけど」

と、言い足してみたが、父はただ黙っていた。

……勝手にしろ。

と、その背中は言っていた。

強がってはみたものの、生んでしまえば、結局父に頼って暮らしている自分も冬子は嫌だった。

そんな自分の気持ちに気づいていないような顔で、春子を可愛がる父の態度も堪らなかった。

父は、春子で自分を育て直している。

それが、今までの自分を否定されているようで嫌だった。

……でも。

と、冬子は思った。

自分もまた、春子を一人で育てることで、父のやってきたことをやり直そうとしているのかもしれない。

一人で育てたって、自分のような子にはしないと。

自分も同じように、父の目の前で父を否定しようとしているのかもしれない。

いや、そのつもりはなかったが、おそらく父はそう感じていただろう。

登録していた会社から知らせがきて、派遣の仕事先が決まったタイミングで、冬子は春子を連れて、父の家を出た。

「そんなフワフワした状態でやっていけるのか」

父はそう言ったが、止めはしなかった。

……やっていける。いや、やっていくしかない。

あの時の冬子には、他の道は選べなかった。

それ以来、冬子の足は実家から遠のいた。

傷つけたくない、は言い訳で、傷つきたくない、が本当だった。それは自分が一番よく知っていた。

父が入院し、もう長くなさそうだと聞いた時、傷ついてもいいから春子をもう一度父に会わせようと病院に来た。

そのはずなのに。

ただ天井を見つめたまま何も言わない父を、子供みたいと感じながら、その父に言葉を掛けない自分も、また子供みたいだと、冬子は感じた。

「……ねえ、ママ……帰ろうよ……」

「……うん。じゃあお祖父ちゃんにバイバイ言って」

春子は、人形の手を持って振り、小さな声で、

「……バイバイ……」

と言った。

❄

以来、次の時は……と思いながらも、グズグズしているうちに、病は早く進み、あっけなく父は逝った。

❄

兄が新しくビールの栓を抜き、コップについだ。

「冬子……お前もこっち来て一杯飲めよ」

襖を取り払い、父の亡骸を寝かせた部屋と繋がりにした客間から兄が声を掛けた。

父の枕元に座った冬子は、

「うん」

と答えはしたが、動かなかった。

「まあ……」

と兄はビールを一気に飲んで言った。

「最後は、こうして来てくれたんだ。親父もきっと喜んでるよ」

「……そりゃ、親が死んだら、誰だって来るわ」

「ああ。まあ、そうだけどな……」

兄はまたビールを飲むと、冬子の側にきて、

「でも、親父は本当に嬉しそうな顔してるよ。……いろいろあったけどさ、もう終わったことだ……」

と、父の顔を覗き込んだ。

「……うん。許してる。お前のことはもう許してる。そんな顔してるよ」

許す。

という言葉が、冬子の心を小さく引っ掻いた。

……あたしは、やっぱり誰かに許されなければいけないような生き方をしてるのだろうか。兄であるこの人も、ずっとそう感じていたのだろうか。

幼い頃から他の女の子のように無邪気に振る舞うことが出来なかった。父は自分に話しかける時はいつも気を使っていた。その父のことを冬子は、誰よりも好きだったのに、気持ちをうまく伝えられたことはない。

勤め先で知り合った人を好きになり、付き合った。しかし春子が出来たのを知るとその人は去った。冬子はその人を縛る気にはなれなかった。春子を理由に気持ちを縛るのは怖かったし、何より卑怯な気がした。

きっと自分の生き方は、春子を一人で育てるという決断も含めて、人からは、何もかもが

軽はずみのように見えただろう。父にも兄にもきっとそう見えたにちがいない。そんなつもりはなかったのに、今となっては、自分でも軽はずみに思えるのだから。

……そんなつもりはなかったのに。

台所から戻った兄嫁が隣に座り、冬子にビールを手渡すと、

「あれ？……でも本当。お義父さん、さっきよりずっと顔が穏やかになったみたい。不思議ね。笑ってるみたいじゃない？　やっぱり冬ちゃんがいるのが嬉しいんじゃないかしら」

兄嫁にこうして気を使われることも、冬子にはたまらなかった。

そして何より冬子には、兄や兄嫁が、父の亡骸（なきがら）を、まるで人形のように擬人化していることが嫌だった。

……笑ってなどいない。

と、冬子は思った。

……これはただの亡骸だ。何も感じてなどいない。

と。

……この人は死んだ。許すも許さないも、今はもう関係ない。あたしがここにいることだって知らない。喜んだりもしない。

冬子はずっと、心の中でそう呟（つぶや）いていた。

「春子……」

ふと、娘を呼んだ。

さっきから春子はずっと、客間の隅で、人形でひとり遊びをしている。

「春子。こっちに来て」

春子は答えずにひたすら人形と遊んでいる。

最近、どんどん反抗的になってく気がする。

……あの人形。

冬子は、それを見て更に苛つく。

それは、かつて父が春子に買ってきた人形だった。

ピンクの服を着た、ピンクの髪の人形。

トンチンカンで、派手な人形だった。

春子はどこが気に入ったのか、片時も離さないでいた。

何年もの間に、色はくすみ、黒ずんで、所々ほつれて、みすぼらしくなった。

冬子にはその人形が、ちっとも可愛く見えなかった。

どんどん汚らしくなるので、せめて洗濯しようとしても、春子は絶対に許さなかった。

春子もそろそろ、お人形という歳でもなくなる。冬子は春子から、早くその人形を離したかった。

自然と春子を呼ぶ声が強くなった。

「春子、こっちへ来なさい」

「いや！」

子供なりに人の死を恐れているのだろうか。春子は父のそばへ近寄ろうとしなかった。

「……春子。お祖父ちゃんが春子の顔を見たいんだって」

「うそ！　おじいちゃん、もうなにも言わないもん……」

冬子は、自分と同じようなことを考えている春子が憎らしかった。

「ね？　ハルちゃん……」

と春子は人形に話しかけた。

……その人形だって、何も言わないじゃない。

冬子はそう言葉にしそうになって飲み込んだ。

そして、ふいに思った。

……あたしの人形、どうしたろう……。

冬子も幼い頃、父からもらった人形を大事に持っていた時期があった。今まで忘れていた。自分も、あんなふうに、人形に話しかけていた。

ある日父が唐突に買ってきた、無骨な父に似合わない愛くるしい女の子の人形だった。

「可愛(かわ)い」

冬子が言うと、父は照れたように、

「そうか。なんだか父さんには良くわからなかったんだけどな。……そうか、それでよかったか」

と笑った。

冬子はそれが大事で大事でしかたなくて、片時も離さずに持ち歩き、誰にも触らせなかった。

……あんなに大事だったのに、あたしはいつ、あの人形を手放したんだろう。どうして、何もおぼえてないいんだろう。

「ハルちゃん……」

春子が人形に話しかけている。

……自分だって、春子のくせに。

冬子は心の中で苦笑した。

娘は、自分の名前を人形に付けている。

……バカな子。

そう思いかけて冬子はハッとした。

冬に生まれたから冬子という、父の付けた単純な名前を、幼い頃、随分自分は嫌ったものだった。

その自分が、四月生まれの娘に春子と名付けた。

父は雪が好きだった。降ると必ず、

「お前が生まれたのも、寒い日だった。こんなふうに雪が降ってて寒かったんだぞ。でもお母さんは汗だくになってお前を生んだんだ」

と、笑って話した。

「だから父さんは、季節の中で一番冬が好きなんだ」

冬子は、桜が咲くと、春子を生んだ時を思い出す。

……あたしは、父の子だ。

突然、冬子はそう思った。

そして人形に話しかける娘を見て、

……この子は、あたしの子だ。

と思った。

もう一度、父の顔を見る。

その顔は、笑っているように見えた。

……父さん、あたし。あの人形どうしたんだろう。……どうして手放しちゃったんだろう、どうしてあの人形のこと、忘れちゃったんだろう。

「それでいい。だから、親になれたんだ」

父が冬子に言った。

「えっ？」

思わず声をあげた冬子を、兄と兄嫁がキョトンとした顔で見た。

そう。目の前にあるのは、ただの父の亡骸。死んだ父が話すはずはない。そんなはずはない。

でも今の声は、確かに父の声だった。

低く響く音の感じも。言い方も。表情さえも。何もかも父だった。

気がつくと冬子は、声をあげて泣いていた。

今までのものが、一気に何もかも崩れたように。

「お父さん！　お父さん！」

人形のような父の体にすがりついて、冬子は泣いた。

その時、冬子の頬に柔らかいものがあたった。

「ママ……」

さっきまで客間の隅にいた春子が、冬子の頬に人形をくっつけている。

春子が、ハルちゃんの声で言った。

「ママ、泣いちゃだめょ……」

奇跡の雪

……ユキ？

スミレは呟(つぶや)いた。

空からゆっくりと降りてきたそれは、確かに雪のように見えた。

ここは砂漠の町、ザーラ。

雪など降るはずのない町だ。

スミレは九歳になったばかりの少女で、まだ自分の住む世界に対する何の知識も持っていなかった。

此処(ここ)じゃない世界の何処(どこ)かでは、冬の寒い日に、空から白いフワフワした氷の塊が降ってくることがある。それを雪と呼ぶ。なんてことを本来だったら知っているハズもなかった。

にもかかわらずスミレがそれを見てすぐに、「ユキ？」と思えたのは、スミレがそれを見るのが二度目だったたからだ。

※

ちょうど一ヶ月前。この砂漠の町に百年ぶりの雪が降った。

その時スミレは家の前で、しばらく呆然と立ちつくした。

驚きすぎて、声も出なかったのだ。

スミレは普段から、色んなことによく驚く少女だったが、この時ほど驚いたことはない。

スミレは体を硬直させ、目をまん丸にして、口をパックリと開けたまま、ただただ空を見上げていた。

「あぁぁ……あぁぁ」

あんな白い花びらみたいなものが、降りてくるなんて……。

空から降ってくるものと言えば、茶色く濁った雨か、真っ黒な爆弾ぐらいしかスミレは知らなかったのだ。

「あぁぁ……あああ！　アーッ！　アーッ！」

あまりにスミレが騒ぐので、家の中から慌てて老婆が出てきた。

老婆は、爆撃で木っ端微塵に吹き飛んで死んでしまったスミレの両親に代わってスミレを育てていた。

「何だい？　どうしたって言うんだい、スミレ。またそんな変な声出して……」

やれやれと、家から出てきた老婆も雪を見た途端、スミレと同じような顔になった。

「あぁ……」

目をまん丸にして、口をパックリ開けて、空を見上げた。

「こ、これは……まさか……」

この老婆。黒いマントのような衣装に身を包み、腰が曲がり、杖をつき、まるで千年は生きているんじゃないかといった風情であったが、しかしその魔女のような老婆ですら、雪を、実際にその目で見るのは生まれて初めてだった。

確か遠い昔に、自分の母親が、若い頃にこの町に雪が降ったのを見たことがあると言っていたような、言っていなかったような。とにかくそれはおとぎ話の中だけで起きる出来事のような印象だった。

まさに、百年ぶりの、降るはずのない砂漠の雪だった。

老婆は呆然としたまま呟いた。

「……スミレ……これは、雪だよ」

「ユキ？」

「そう、雪だ。……ああ、なんということだろう……スミレ、これはきっと神様からのお告げだよ……」

その時、隣の家の前からも声がした。

「あああぁ！　あああぁ！　アーッ！　アーッ！」

アオイの声だった。アオイはスミレと同じ歳の少女で、二人はまるで双子のようによく似ていた。

何ごとに対しても人よりよく驚き、何ごとに対しても人よりよく悲しみ、何ごとに対しても人よりよく喜んだ。

今もアオイは、家の前に突っ立って空を見上げたまま、スミレとやはり同じように動けなくなっていた。

「アーッ！　アーッ！」

家の中から怒鳴り声がした。

「うるさいぞ！……おい、あの馬鹿ガキを何とかしろ！　また家の前で気味の悪い声を出してやがる！」

アオイの父親だった。

アオイの父親はアオイを〝馬鹿ガキ〟と呼び、〝お荷物〟と呼んで、嫌っていた。

「ああ。神は何故、俺だけこんな目にあわせる？　何故こんな出来損ないを俺に与えた？　神は何故、俺のことだけいじめるんだ！」

父親は、外から聞こえてくるアオイの金属的で耳障りなカン高い声を聞きながら頭を抱えて憂えた。

父親たち周囲の人間が、アオイは普通の子供と違うと気がついたのは、二歳になるかならないかの頃だった。

いくら教えても言葉をあまり覚えず、他の子供達との交流もうまく出来なかった。感情の起伏が激しく、何をきっかけに泣き出すかわからなかった。一度泣き出したら、いつまでも高い声を発し泣き続け、あやしても泣きやむことはなかった。

――まるで猿か犬じゃないか。

「脳に発達の遅れがあるようだ。だがその原因はわからない」

淡々と医者はそう告げた。

隣の家に生まれたスミレの両親が言われたのと、まるで同じ言葉だった。

それ以来、父親はイライラするたびにアオイを殴り、アオイの母親を殴った。

時にはそれでも足りず、壁を思いきり殴って指を骨折したこともあった。壁に穴が開き、拳からはメリメリッと、骨が砕ける音がした。

「痛！　うぅっ……な、何故神は俺だけをこんな目にあわせるんだ……」

苛立つたびに父親は、この言葉を繰り返すのだった。

「アーッ！　アーッ！」

「うるさい！　おい！　何とかしろ……あの声、聞いてられん！　黙れ馬鹿ガキ！　今黙らないと、二度と声が出せないようにするぞ！」

ドン！　という机を叩く音と、ガタン！　という椅子が倒れる音がアオイの家の中から聞こえ、父親が立ち上がったのがわかった。

「アオイ！……アオイ！」

スミレが慌ててアオイに駆け寄り、ぎゅっと抱きしめた。

「しずかにっ……ね、アオイ……だいじょうぶ……だいじょうぶ……ユキ、これはユキなの……」

「あぁ……ああ……ユ……ユキ？」

「そう、ユキよ……」

老婆が、スミレとアオイを黒いマントのような服で後ろから包み込んで言った。

「そうさ。雪さ……いいかい二人とも。これは神様から私達へのお告げだ……」

「……オツゲ？」

「そう。神様が私達にくださったものだよ」

「……カミサマがくださったもの……」

「そうさ。それは……」

✿

……キボウだよ。そう、おばあちゃんはいったんだ……。

スミレは心の中で呟いた。

そして今。

スミレの目には二度目の雪が見えていた。

……キレイだな……

……アタシ、いま、どこにいるんだろう？

スミレが今いる場所は、ザーラの町の市場だった。

あの雪が降った日から一ヶ月後。

それは金曜日の朝だけ開かれるペット市場だった。犬や猿、熱帯魚やオウムなどのいろんな動物達が売られ、たくさんの人々で賑わう市場が開かれている広場だった。

スミレもそこで毎週小鳥を売っていた。


……そうだ……

……アタシ、いちばんにきたんだ……

……トリカゴをもって、きたんだ。

……でも、……ユキ?

……アタシ……どうしてそらをみてるんだろう?

……どうして、そらしかみえないんだろう?

市場にいるはずなのに、スミレの目には空しか見えなかった。

❄

一ヶ月前の、百年ぶりの雪の日。

スミレとアオイが雪に見とれていたちょうど同じ時。

もう一人、空を見上げ、

……白い花びらみたいだ。

と、口をポカンと開けたまま、突っ立っている少年がいた。

風が吹くと、白い花びらみたいなものは、クルクルと空中を舞った。

少年は思わず、かじかんだ手を上着のポケットに入れると、中にある小さなナイフを握りしめた。

空から絶え間なく降りてくる純白の花びらは、ゆっくりと少年の目の前を通過し、地面に落ち、土に汚れて消えていくことを繰り返している。

「アザミ！　いつまでそんなもの眺めてる！　早くドアを閉めて中へ入れ！」

アザミと呼ばれた少年は十五歳。この国ではもう立派な戦士として独り立ち出来る年頃だった。

アザミが今立っているのは、〝本部〟と呼ばれている建物の入口だった。

しかし実際には〝本部〟とは名ばかりの、誰がどう見てもボロボロの掘っ立て小屋だった。

アザミがドアを閉めると小屋の中は昼間でも真っ暗になった。

「……鍵は閉めたか？」

暗闇から声がする。鍵と呼べるほど大層なものではない。自転車にかけるようなU字キーだ。

部屋には五、六人の男の気配がする。

冬なのにムッとした暑さだ。天井から電球が一つだけ吊され、ごく薄い明かりを灯している。闇に慣れぼんやりと見えてきた部屋の中央には木の机があり、それを取り囲むように男たちが座っていた。

「座れ」

低く声をかけてきたのは、ザックだ。

ザックは、この町の不良グループのリーダーで、アザミの兄貴分的な存在だった。アザミをこの〝本部〟に最初に連れてきたのもザックだった。

ある日アザミは礼拝を終え、礼拝堂から出てきた所でザックに声をかけられた。

「アザミ、俺と一緒に来ないか？」

「どこへ？」

ザックはアザミを礼拝堂から少し離れた場所まで連れて行き、声を潜めた。

「本当の神の教えを聞かせてくれる人がいる」

「本当の神の教え？」

「ああ。そうだ。ここの教えは俺達を幸福に出来ない」

ザックはアザミの出てきた礼拝堂を見やった。

「なぜなら、本当の教えじゃないからだ。本当の教義は別にある。それは俺達を未来へ導く教義だ」

そう言われ、誘われるままここへ来た。

とはいえアザミは、未来など、信じていなかった。アザミには兄が三人いたが、三人とも戦闘で死に、息子達を失った悲しみで母は狂い、自殺した。それ以来父はずっと家で飲んだくれている。

……俺に未来など、あるもんか。

ザックに声をかけられた時も、アザミは心の中でそう毒づいた。ここへついてきたのは単なる興味本位だった。

自分のこの取るに足らない生活が変わるなら、何でもいい。今さらこれ以上悪くなりようがないのだから。そう思っていた。

〝本部〟でアザミを待っていたのは、ハムザという男だった。

痩せて背が高く、黒い眼帯をしていた。

周りの男達は、ハムザを〝師〟と呼んでいた。

眼帯をしていない方の目は濃い緑色で、その奥は全てを無にする闇の空間まで繋がっているように見えた。

文明の国の大学で学び、その国の軍事訓練に参加していたこともあるという。

そして……。

あの文明の大国を滑稽なほど震撼させた、大きなジハードのプロジェクトにも関わっていたという。

忘れもしない。九月十一日。あの奇跡の日の、奇跡の計画だ。

あの頃、アザミはまだ幼かったが、それでもあの日のことはよくおぼえている。

三人の兄達もまだ生きていて、父も母も元気だった。

その爆発の知らせを聞いた時、全員が声をあげて笑い、狂喜乱舞した。

テレビを観ると、世界を見下ろし勝ち誇ったように立っていたあの二つのビルから、もうもうと黒い煙が吹き出していた。

それを見て、兄達は歌いながらアザミの手を取って戯けて踊り、アザミはわけもわからず可笑しくて楽しかった。父と母は抱き合っていつまでも泣いていた。

テレビは一日中その場面を繰り返し映し出した。アザミと父と兄達は、夜になってもずっとテレビの前から離れず食い入るようにテレビ画面を見つめた。

二つの巨大なビルが崩れていく光景は、何度見ても飽きることはなかった。

夜。母は御馳走を作ってくれた。今までに見たこともないような豪華な料理がテーブルに並んだ。

それは犠牲祭の何倍も贅沢な食事だった。

こうして喜びを表すこと、食事をたくさん食べること、祝うこと。全ては自分達の世界の掟に逆らうことのように思えて、ふと、男たちは、戸惑った。

しかし母が笑って、

「今日は特別。食べましょう」

と言うと、父も兄達も無邪気に歓声を上げた。

「これで奴らもわかったはずだ」

「そうさ。俺達がここにいるのを思い知ったはずだ」

「もう俺達を好き勝手には出来ないさ」

「もちろんだ。俺達は自由だ！」

父と兄達はテレビの前で、腹の底から笑い合い、再び同じ映像に集中し、嚙みしめるように二つのビルが崩壊していく様子を見つめた。

アザミが時々、テレビから振り返って母を見ると、母は涙を流して微笑み、アザミを見つめ、頷いた。

アザミは母が笑うのを見るのが大好きだった。あの日ほど、母が楽しそうに笑った顔を見た記憶は、他にない。

……この夜が終わらなければいい。

何度もそう思った。

生まれてから今までで、一番幸福な日。

家族全員でもう一度、あんな日を過ごせたらどんなにいいだろう。

いつもアザミは願っていた。

しかし、そんな日はやってこなかった。

……あの計画に関わっていた男。

アザミは、ハムザを見つめた。

ハムザの片腕は、手首から先が無く、そこに銀色の義手がついていた。過去に爆弾を扱っていてそれが暴発した時に片目と片手を失ったのだという。

黒い眼帯と銀色の手を持ったその男は、まるで絵本に出てくる海賊船の船長のようで、どこか嘘くさかった。

「それでも私は爆弾作りを恐れたことは、今まで一度もない……」

と、聞きもしないのにハムザは言った。

「私は何ものをも恐れない。これは……」

ハムザは、アザミにその義手を掲げてみせ、

「……英雄の証しだ」

と、ニヤリと笑った。

……こいつが英雄？

アザミにはピンとこなかった。

ハムザの口からは、言葉と一緒に酷い口臭が吐き出された。それはまるで魚が腐ったような臭いだった。

しかし、目の前にいるこの男が、もしも本当にあの幸福な日を自分にプレゼントしてくれた計画に参加していたのだとしたら、この酷い臭いに耐えて少し話を聞いてみてもいい。

アザミはそう思ったのだ。

だから、ザックに誘われるままに、ここに通うようになった……。


「アザミ、おい……聞いてるのか？」

ザックの声がした。

「……え？」

「なんだ。聞いてなかったのか？　さっきからハムザさんはお前に話をしていたんだぞ」

聞いてなかった。

この〝本部〟という名の掘っ立て小屋で繰り返されるハムザの話は、毎回毎回、同じことばかりだった。

何故、大国の残虐(ざんぎゃく)行為は許されて、我々の正義を守る為(ため)の行為は悪とされるのか？

何故、全ての世界は我々の苦しみを見て見ぬフリをしているのか？

それは我々の存在が恐ろしいからだ。

我々はここに存在している。
それは、神の意志だ。
神の強い意志によって我々はここに存在しているのだ！
世界はいずれそのことを認めなければならない時が来る。
神はその時を待っている。
我々は自らの存在を、強い衝撃をもって示さなければならない。
己の存在を示せ！　それが神の望みだ。
従順な神の息子であれ！
良き息子ならば、武器を取れ！
同じ神のもとの同胞の為に、人を殺せ！
世界にリアクションを起こさせろ！
たとえそれが憎しみであっても、我々を無視出来なくさせるのだ！

アザミは、毎回目の前で繰り返されるその話に飽き飽きしていた。
ハムザが話す度に、部屋には腐った魚の臭いが充満した。
新鮮な空気はいつの間にか汚染され、気がつくと息が出来ないぐらい臭かった。

アザミはいつも吐き気を抑えるのに必死だった。

……俺のいる場所は、いつもこうだ。

あの幸福な日から、数年が経ち、いつの間にか世界は、あの日の前と同じ状態に戻っていた。いや、もしかすると、もっと悪い状態かもしれなかった。

知らないうちに大国は立ち直り、知らないうちにアザミのいる世界は汚染されていた。

気がつくとそこに漂っていたのは、息を吸い込むと、胃の中のものを全て吐いてしまいそうになる空気だった。

アザミは窒息しそうだった。

目の前で繰り返されるハムザの言葉は、あの幸福な日まで父や兄達が繰り返していた言葉と何も変わらず、今のアザミに響くことはなかった。

「もう俺達を好き勝手には出来ないさ」

あの時の兄の言葉を真っ向から否定するように、その後大国は獰猛さを増し、こちらに牙を向けた。

あの時兄が叫んだ「自由」という言葉は、あっと言う間に空中にかき消えた。

いや、消えただけならまだ良かった。

言葉は消えず、持ち手を変え、再びアザミの前に現れた。大国が掲げる報復のスローガンとして。

大国の人間達の口にのぼる「自由」は、凶暴な猛獣のように、こちらを襲ってきた。

まるでその言葉を口にする資格があるのは、世界で自分達だけであるというように大国は振る舞った。

また「自由」という名の猛獣も、自分が従う主人は世界でただ一つの大国だけであると、主張するかのように暴れ回った。

兄達は次々と戦場で撃ち殺された。

母は二度と笑わなくなった。そして最後には銃を口に銜え、自分の頭を撃ち抜いた。

母の頭から飛び出した死の臭いは、家にこびり付き、以来消えることはなかった。

いつしかアザミは、怒ることも、悲しむこともしなくなった。感情は無意味なものに思えた。

今となっては、確かに「自由」という言葉は、兄が口にするよりも、大国の人間達が口にする方が、堂に入っていて似合っているようにアザミには見えた。

だから、そんなアザミにとって、ハムザの口から吐き出されているのは、言葉ではなく、ただの腐臭だけのように思えたのだ。

……薄汚れた世界。

いつもアザミは自分のいる世界をそう感じていた。

こんな世界よりも今のアザミに興味があるのは、あの、空から舞い降りてくる白い光の破片のようなもののことだった。

アザミはさっきからずっと、そのことを考えていたのだった。

「ハムザさんは、お前に頼みがあるそうだ」

ザックが言った。

「頼み？」

アザミは、向かい側に座る黒い眼帯の男を見た。

「戦士よ……」

ハムザはアザミに微笑み、言った。

「お前はどうやらあの雪のことが気になってるようだな」

「……雪？　あれが、雪……」

「そう、あれは雪だ。この砂漠の国には決して降るはずのない氷の塊だ。……アザミ、何故その降るはずのないものが、今日、お前のもとに降ってきたんだと思う？」

「俺のもとに？」

ハムザはアザミに顔を近づけて囁いた。

「そうだ……」

思わずアザミは息を止めた。

アザミの鼻先で、ハムザの口が開いた。

「あれはお前のもとに降ってきたのだ。他の誰でもない。お前のもとにだ。お前は選ばれたのだ。これは奇跡だ。神がお前を選び、お前に告げているのだ」

「俺に……告げている……」

「勇者よ。お前の行為の先に、希望がある。あの雪はお前にそれを知らせている。神が告げているのは、希望だ」

✿

……キボウ。これがキボウなの？……

スミレは、ペット市場で、空を見つめながら思っていた。

……キボウは、めにはみえないものだよ、って、おばあちゃんはいったんだ……

……めにはみえないけど、おまえのすぐそばにあるんだよ、って、そういったんだ……

……カミサマといっしょだよ、って……

……カミサマってなぁに？

って、いつもアタシがきくと、いつもおばあちゃんは、

……おまえに、イノチをくれたかただよ、っていったんだ……

……めにはみえないけど、いつもおまえのそばにいてくださるんだよ、って……

……イノチってなぁに？

ってアタシがきくと、おばあちゃんはいつもわらって、

……きりがないねえ、っていったんだ……

……おまえは、めにみえるものしかわからないんだねえ。

って……。

スミレは、ふわふわひらひらと、いつまでも宙に舞う白い花びらみたいなものを眩しそうに見つめながら思った。

……めにはみえないもの？

……わからない……

……アタシは、めにみえるものしかわからない……

……どうしてみんなはわかるの？

……どうしてアタシはわからないの？

……アタシは……アタマガヨワイ……

……みんながそういう……

……だからわからないのかな？

……アタマガヨワイから？

……でもこれは……ユキ……

……アタシにもみえる、ユキ……

……おばあちゃんはいったんだ……

……このサバクのまちにユキがふるなんて、これはきっとカミサマのくださったキボウだよ。だからおまえも、いつか、カミサマに、イノチをささげるんだよ。

って、そういったんだ……。

スミレはユキをつかもうとして、手を伸ばした。

銀色の手が伸びて、アザミを指さした。

「戦士アザミよ。お前は、神に選ばれた。お前はこれから我々の英雄になるんだ」

〝本部〟と呼ばれる掘っ立て小屋で、ハムザはアザミに言った。

ザックがその言葉に息を飲み、興奮してアザミを見た。

アザミはジッとハムザを見つめていた。

ハムザは微笑(ほほえ)んだ。

「いい目だ。私と同じ目をしている……私が失った方の目だ」

ハムザはそう言うと、アタッシュケースから〝それ〟を取り出して机の上に置いた。

〝それ〟は薄汚れたクリーム色の生地で出来たコルセットのように見えた。前面に五つあるポケットにはビニールでぐるぐる巻きにされた茶色い筒状の物が、それぞれ無造作に突っ込まれていて、その先から何本もの赤や青や黄色のコードが伸び、やがて端っこで一つにまとめられていた。

机を取り囲む男達から「おお……」という溜(た)め息(いき)のような声が漏れた。

それが、自爆用の爆弾ベルトだということは、アザミにもすぐわかった。

ハムザは、ベルトの上に銀色の手をそっと置き、勿体ぶって、それを撫でるようにしながら言った。

「……わかるな。これはジハード。聖戦だ。偉大なる大義だ。愚か者どもは、愚かな文明の道具を使う。機関銃、地雷、クラスター爆弾……ふん。どれも子供のオモチャだ。奴らはそんなもので我々を傷つけられると思い込んでいる」

ハムザは微かに微笑み、嘆いているかのように、ゆっくりと首を横に振った。

そのしぐさは、まるでハリウッド映画の俳優のようだった。

もちろんアザミがそう思ったわけではない。ハリウッド映画など、見たこともないのだから。ただアザミには、それが時折テレビで見かける、向こうの連中のしぐさに似ているように感じられたのだ。

「……実に幼稚な発想だ。これは兵隊ごっこじゃない。……ジハードだ。奴らにはそれがわかってない。……奴らの愚かな文明の道具に対して、我々の手にする武器はなんだ？」

部屋の中にいる誰もが息を殺していた。

ハムザは声のトーンを落として言った。

「……命だ」

部屋の中の誰も、何も言わなかった。

ハムザは言った。

「命を武器にして戦う我々に、子供のオモチャを振り回して遊んでる奴らが敵うと思うか？」

暗闇の中の男達が口々に呟いた。

「……そうだ。敵うわけがない」

「奴らは、幼稚な子供だ……」

「ああ。我々は勝利する」

そう言う男達の口からも、ハムザと同じ腐臭が吐き出された。それはアザミの母から吹き出された死の臭いとも同じだった。

ハムザはベルトの上に銀色の手を置いたまま、ジッとアザミを見つめていた。

アザミは、必死で吐き気を抑え、薄汚れたベルトを見つめていた。

……命なんか、いらない。

もう、随分以前からアザミはそう思っていた。

……神が俺を選んだ？　違う。俺が選んだんだ。俺が、こうなることを選んだ。あの空から降ってくる白い雪みたいに、粉々になりたいって、俺はずっと願っていた。

自爆。

それは、身近で、それでいて遠い出来事だった。アザミの知る人物の中にも、それを実行した人間は何人かいた。死んだ兄達の友人だった青年や、父の仕事仲間だ。

彼らは皆その後、尊敬され、讃えられ、子供達の英雄として伝説化した。

だが、アザミは別にそうなりたいと憧れたわけではなかった。彼らの行為で自分達が救われるとも、それが効果的な攻撃であるとも思わなかった。

ただ。その行為をした人々を、ぼんやりと羨ましいと感じた。

このつまらない、薄汚れた、窒息しそうな世界から抜け出せたことを。一瞬にして、この世界から消滅出来たことを。新鮮で新しい場所へ脱出出来たことを。アザミは、ただ羨ましいと感じていたのだ。

今、実際の爆弾ベルトを目にして、今までぼんやりとしていたその思いが、みるみるうちに、自分の中で明確に、ハッキリとしていくのが、アザミにはわかった。

……そうだ。俺は、ここから消えたかったんだ。

心の中でそう呟くと、アザミは、ゆっくりと、目の前のベルトに手を伸ばした。

その手の上に、ハムザの銀色の手が重なった。ひんやりと冷たかった。

「………」

ハムザはアザミを見た。

「そうじゃない。お前の役目はこれじゃない……別にあるんだ」

スミレはその手を慌(あわ)てて引っ込めた。

……そうだ。ユキは……

……てにのせたらすぐにきえちゃうんだ……

……みえなくなっちゃうんだ……

……イノチみたいに……

……カミサマみたいに……

……どこかへいっちゃうんだ。アタシにはみえないものになっちゃうんだ……

……ユキはどこへいくの？

……みんなにはそれもみえるのかな？

……みんなには、いまのアタシがみえるのかな？

……ユキ……

……キレイだな……

……アタシは、いま、どうしてユキをみてるんだろう？

……アタシの、トリカゴは……どこ？

……トリたちは、どうしたろう？

アザミはハムザを睨み付けて言った。

「俺の役目？」

「そうだ」

ハムザはアザミの手を摑み、ベルトからゆっくりとはずした。

「これを着けるのはお前じゃない……」

アザミはハムザが何を言おうとしているのかわからなかった。

「いいか、アザミ。私達は既にマークされている。この作戦で一番重要なのは、奴らを安心させたまま、奴らの中に侵入し姿を消すことだ。私達がやろうとしていることは、脅しでも、威嚇でもない。この作戦は達成されなければ何の意味もない。目的は死だ。完全なる死を奴らの日常のど真ん中に、突然出現させることだ。奴らの一番の安心を、一番の恐怖に変える。かりそめの恐怖ではない、真の恐怖だ。そのことが重要だ。しかし私も、お前も、愚かな者どもの中に紛れ込むことは出来ない……」

　アザミは言った。

「……俺には、出来る」

「だめだ。お前は私と同じ目を持っている……死神の目だ。それは偉大な殉教者の目だ。その目を持って人々の中に入るのは、牛の群れの中に一人だけ人間が入るのと同じだ。誰でもお前をすぐ見つける」

　アザミは思わず目を逸らした。

　ハムザは妖しげに笑った。

「フッフッフッ……それでいいんだ。良き信者は、死の信者だ。お前はそれでいい。そのままでいいんだ。……牛の群れには、牛を入れる……」

「……牛を入れる？」

「そうだ。お前の役目はその牛にベルトを着けることだ」

　ハムザは、銀色の指でベルトをポンポンと叩くと、さっきのアタッシュケースからもう一つ、爆弾ベルトを出して机の上に置いた。

クリーム色の薄汚れた不気味なベルトが、机の上に二つ並んだ。

「………」

「……勇者よ。お前はあの少女達と親しいらしいな」

「え？」

「あの双子のような少女達だ」

アザミは、ザックを見た。

ザックはうなずいて言った。

「スミレとアオイといったかな……」

アザミは再び机の上に目を落とす。

そこにあるベルトは、双子のようによく似ていた。

「ザックの話だと、あの少女達に警戒されずに近づけるのは、家族以外ではお前だけだそうだな」

確かに、それはその通りだった。

アザミと、二人の少女は幼なじみだった。

先天的に知的障害のあったスミレとアオイは、他人を極端に恐れた。

同じぐらいの歳の子供達にいじめられたこともその原因だろうが、特に悪意もなく近づいてこようとする人間でも、自分のすぐ側までは寄せ付けなかった。

無理に近づこうとすると、二人とも、

「ああぁ！　ああぁ！　アーッ！　アーッ！」

と金属質の高い声を発して威嚇し、二人で抱き合った。

それが幸福な偶然なのか、不幸な巡り合わせなのかはわからないが、ちょうど同じ時期に、同じ地区の、それも隣同士の家に生まれたそっくりな二人は、そうなることを初めから決められていたかのように、いつも寄り添い、お互いがお互いを庇い、守り、助け、どんな時も離れず、まるで二人で一人の人間のようにして育ってきた。

二人の間には、他の人間には見えない、二人だけに見える何かがあって、結び付けられ、繋がっているように見えた。

そんな二人が、どういうわけだか、アザミにだけは、最初から心を許した。

ようやく家の外へ出られるようになった頃から、二人は学校に通う途中のアザミを見つけると、必ず嬉しそうに側へ寄っていった。

「……おにぃちゃん……」

「……おにぃちゃん……」

町の人々は不思議がった。

アザミは、その頃からムスッとした無愛想な子供で、どこかに、大人でも近寄りがたいような影を感じさせる少年だった。

スミレとアオイは、何故かそんなアザミだけを、まるで恐れなかった。

「ふふ。おかしなもんだね……」

スミレを育てている魔女のような老婆は、いつも、遠くからその三人の様子を見て笑った。

アザミは、寄ってきたスミレとアオイに特に話しかけるでもなく、可愛がるでもなく、ただ足を止めて、二人をぼんやりと見つめるだけだった。

それでもスミレとアオイは、アザミの右の手と左の手をそれぞれが繋いで、

「うふふ……」

「うふふ……」

嬉しそうにその顔を見上げ笑った。

アザミは笑うでもなく、二人のするままにまかせ、やがて、

「気をつけて遊べよ」

と一言言うと、それぞれの頭に、ポン、ポンと手をのせてから歩き始める。

そんなアザミの背中を、二人はいつまでも見送り、アザミの姿が見えなくなってしまうま

で、

「ばいばい……」

「ばいばい……」

と手を振り続けるのだった。

「不思議なこともあるもんだ。あの子たち、アザミに会う時だけは、まるで恋をしてる娘のようになるんだから……まあ、あの子たちに、そんな感情があるとも思えないんだがね……本当に、神様も不思議なことをしなさるもんだ……」

老婆はいつも目を細めて、そう呟いた。

「アザミ。我らが英雄よ……」

ハムザの声が低く囁くように響いた。

「わかるな？　お前はお前の使命を果たすんだ。……毎週金曜日に市場が開かれるのを知っているな？」

「………」

「……朝のペット市場だ。小さな犬や猿や、鳥達が売られ、人々が集い、憩い、誰もが笑顔でその時を過ごす。この町で唯一、戦いのことを忘れられる安息の時間だ。動物の鳴き声、子供達の笑い声……。何と平和な時間か……」

ハムザは、まるでウットリしたように、見える方の目を閉じていたが、やがて、それを開けてアザミを見つめると、

「そこに、死を落とすのだ」

と言った。

「あの憐(あわ)れな少女達が、毎週市場へ鳥を売りに行くのを知っているな？　まさか誰も、あんなに幼い、頭の弱い少女達が、我々の使者だとは思うまい。あの少女達は、誰にも怪しまれることなく、警戒されることなく、これを、我々の望むポイントまで運べるはずだ……戦闘とは無縁の、日常の真ん中に。……日々繰り返されるはずの人々の生活の真ん中に。……安心のど真ん中に……」

アザミは、ハムザの話を聞いているのか、聞いていないのか、さっきからずっと黙ったまま、机の上の二つのベルトを睨み付けていた。

「我々の目的は、恐怖を奴(やつ)らの胸の中に植えつけることだ。真の恐怖とは、奴らの想像の範囲を超える出来事だ。我々の攻撃目標は、奴らの命ですらないのだ。奴らは間違ってる。我々の武器は、我々の側の命だ」

ハムザは笑って言った。

「奴らの目と鼻の先で、罪の無い世界を崩壊させて見せるのだ。それこそが、真の恐怖だ」

ハムザはアザミの様子を特に気にすることもなく、芝居っ気たっぷりに喋り続けた。

「何と素敵なベルトじゃないか。……アザミ。お前はあの憐れな少女達にこのベルトをプレゼントするのだ。他でもない。憧れの王子様からのプレゼントだ。これほど嬉しいものはないだろう。きっと、可愛いお姫様達は大喜びだ」

ハムザは楽しそうに両手を広げて見せた。その片方は、冷たく光る銀色の義手だった。

アザミは黙ってベルトを見つめている。

ハムザはアザミを見て、首をふった。

「ああ……確かに。……少女が着けるには少し重いがな。なぁに、あの子供達にそれを気にする頭は無い。お前が、一人ずつ装着してやるんだ。そうすれば、あの愚かな子供達は……」

「……スミレだ」

「ん？　何だって？　何か言ったか？」

空中に両手を挙げたまま、首だけこちらに向けて、そうアザミに聞き返すハムザの姿は、ピーターパンに出てくるフック船長のように、どこか間が抜けて見えた。

「スミレとアオイだ――愚かな子供達じゃない……」

「ああ！　そうだ。そうだったな。そう！　スミレと……アオイだ。実に素晴らしい少女達だ。我々の天使だ。あの子達は何も恐れない。素晴らしいじゃないか。あの子供達はおそらく悲しみすら感じないだろう。何も知らないというのは素晴らしいじゃないか。それだけ清らかだからだ。悲しみも、痛みも、恐怖すら知らない。何という強さだろう！　これほどの強さが他にあるか？　あるわけないだろう？」

ハムザは突然、机を取り囲む男達に聞いた。

それまで気を抜いていた男達は、急にそう聞かれて皆慌てて何度も頷き同意した。

ハムザも頷いた。

「そう。他では有り得ない。これこそ神が与えた究極の強さだ。その天使達が、自らの命を神に捧げるんだ。これ程素晴らしい行為はあるだろうか!?」

アザミは言った。

「違う……」

「……ん？　ち、違うと？」

「これは、ただの殺人だ」

「……なっ……何だと？」

部屋の中はまた静まりかえった。誰も口を開く者はなかった。

ハムザでさえも、しばらくポカンと口を開けたままアザミを見続けていた。

ザックが、ハムザの顔色をうかがいながら、恐る恐るアザミに言った。

「……アザミ。お前、何を言っている？　わかるだろ？　これは、聖戦なんだ。ジハードだ。スミレもアオイも俺達も、皆一緒だ。俺達は皆、自らの命を神に捧げる。その為に戦っているんだ」

「スミレとアオイは、自分から望んで命を捧げるわけじゃない……俺が殺すってだけだ」

「……確かに、見えている範囲ではそういうことになるかもしれないが……」

言いかけたザックを、銀色の手が制した。

ハムザは見える方の目で、アザミの目を疑うように覗き込んだ。

「戦士アザミよ。……それではお前は不満なのか？」

「………」

アザミはジッと二つのベルトを見つめていた。アザミの中には、依然として死への羨望があった。

……それではお前は不満なのか？

アザミは思った。

……俺は本当にそれが不満なのか？

アザミは上着のポケットに手を突っ込み、中のナイフをギュッと握りしめた。

それはアザミがいつも肌身離さず持ち歩いている、一番上の兄の形見のナイフだった。柄の部分は翡翠で出来ていてその色は空のように青く、白い鞘には小さな花の絵柄が三つ描かれている、美術品のようなナイフだった。

決して実戦用ではないそのナイフを、兄はいつも大切に持ち歩いていた。

アザミは羨ましくて、どこで手に入れたのか聞くと、兄は決まって言った。

「沈んだ船の宝箱から盗ってきたのさ」

そう答える兄は、いつも照れ笑いのような顔をした。

本当は恋人からもらったものだということをアザミは知っていた。

時々、持たせてもらってはジッと手の中で見つめているアザミに、

「欲しいか？」

と兄は、聞いた。

アザミが驚いて顔を上げ、大きく頷くと、兄は笑って、

「わかったよ。でも今はまだダメだ」

と首をふった。そしてアザミからナイフを取り返し、両手で包み込むようにすると、

「俺はこれで守りたいものがあるんだ。……時が来たら、きっとお前に渡すよ」

　と言った。

……時が来たら、とはいつだろう？

　とアザミは思った。

　大国の猛獣が反撃し暴れ回ったあの日。

　永遠に続くかと思われた空からの爆撃によって、恋人が死んだと知った夜。

　兄はひとり椅子に座り、ナイフを握りしめていつまでも泣いていた。

　アザミはジッとその背中を見ていた。

　それから何日もしないうちに、戦闘で兄自身も死に、アザミはナイフを手にした。

　以来、アザミは時々ポケットの中でナイフを強く握りしめる。

　アザミにとってナイフを握りしめるのは、叫び出してしまう代わりのような行為だった。

　アザミがポケットに手を入れたのとタイミングを合わせるように、ハムザも自分のポケットの中にゆっくりと手を入れた。

　そしてアザミを見つめてニヤリと笑うと、そこから小さな黒い物を取り出して机に置いた。

　それは携帯電話のようにも見えた。

「起爆装置だ」

ハムザは言った。

「遠隔操作でこのベルトを爆発させられる。戦士よ。お前がこのスイッチを押すのだ。あの二人の命を、お前の手で消すのだ。……お前が、殺せ！」

アザミは更に強く、ナイフを握りしめた。

ハムザはアザミに顔をグッと近づけ、見える方の目を大きく見開くと言った。

「……あの双子のビルの爆発を憶えているな？」

強い腐臭がアザミの鼻をついた。

「………」

アザミの脳裏にあの日の光景が蘇る。

高層部の窓から、灰色の煙を快晴の空に向かってモクモクといつまでも吹き出し続けている、双子のようにそっくりな二つのビル。やがて、どちらのビルも火を噴き出し、黒煙を上げてゆっくりと崩れ落ちていく。

地響きのような音。

文明の国の人間達の悲鳴と絶叫。

そして、それを見つめる父と母と兄達の歓喜の声。

笑顔。

涙。

あの日の幸福。

「我々のこの計画は、あれと同じ、双子の計画だ。そして、今回双子を爆破するのは、アザミ。……お前の役目だ」

ナイフを握る手の骨が軋み、痛みを感じた。

それ以上力を入れれば、手が砕けてしまいそうだった。

今、アザミの目の前にあるのは、薄汚れた世界だった。

男達の口からは、絶えず腐った臭いが吐き出されている。

母も、兄達も、死の臭いだけを残しこの世界から去った。

……守りたいもの。

兄の言ったその言葉をアザミは思った。

……俺が、守りたい世界。

少なくともそれは、今、自分がいる窒息しそうな世界ではなかった。

アザミの脳裏に、さっきまで眺めていた雪が浮かんだ。

空から降りてくる純白の雪は、地面に落ち、この世界に触れた瞬間、土に汚され、消えていった。

……俺が、絶対に汚されたくないもの。

アザミの耳に、スミレとアオイの、自分を呼ぶ声が聞こえたような気がした。

✿

……おにぃちゃん……。

スミレは空を見つめていた。

……ユキ、キレイだよ……おにぃちゃん……

……そうだ……

……おにぃちゃんだ……

……アタシ……おにぃちゃんとあったんだ……

……そうだ……

……あさ、トリカゴをもって、いちばにいくとちゅうで、おにぃちゃんとあったんだ……

……ベルト……

……そうだ……

……おにぃちゃんが、ベルトをくれて、アタシはうれしかったんだ……。

スミレの目に、今朝の光景が蘇った。

まだ明けきらず、空が少しずつ、うっすらと明るくなりかけていく時間だった。町の人達はまだ眠っているようで、他に人影はなく、静かな朝だった。

辺りは新鮮な空気で満たされていた。

アザミが、光の中であのベルトを持って立っていた。

「おにぃちゃん……」

とスミレが呼んでも、アザミは怖い顔で黙ったままだった。

アザミの側（そば）にスミレが寄って行き、鳥かごを地面に置き、アザミと手を繋（つな）いだ。

鳥かごの中の鳥達もまだ眠いのか、いつもより静かで、時々小さく囀（さえず）る声が聞こえるだけだった。

スミレが笑ってアザミを見つめていると、アザミはゆっくりとしゃがんでスミレの腰にベルトを巻いた。

アザミの顔がスミレの顔に近づいた時、アザミが深く息を吸い込んだ気がした。

……おにぃちゃんが、アタシにベルトをつけてくれて、アタシはわらったんだ……

……それからアタシは……いちばにきて……そしたらベルトが……

……すごいおとをたてて……

……アタシはびっくりして……

……アタシのからだがちぎれてバラバラになったんだ……

……そうだ……

……あれからずっと、アタシはここにいるんだ……

……ここで、こうして、ずっとそらをみてるんだ……

……ひとりでここで、そらをみてるんだ。

……ひとり?

……アタシ……ひとりでここへきたの?

……ちがう……アタシは……

……アタシは……ひとりじゃない……

……おにぃちゃんにベルトをつけてもらって、アタシはわらって、いったんだ……

……おそろいね、って……

……アオイにいったんだ……。

スミレは、一番大切なものを思い出した。

と笑ってアオイを見ると、アオイもこっちを見て、

「うふふ……」

と笑顔になった。

「うふふ……」

アザミはスミレにベルトを着けたあと、アオイを見つめた。

アザミを見上げ、微笑むアオイの顔は今日も殴られて腫れ、痣だらけだった。

アザミはスミレに着けたのと同じベルトをアオイにも着けた。

しゃがみ込んでベルトを背中に回した時、今度もアザミはアオイの顔のすぐそばに鼻を近づけて、大きく息を吸ったように見えた。

スミレも真似したくなって、アオイに顔を近づけて匂いを嗅いだ。

花の匂いがした。

「いいにおい」

そう言うとアオイも真似してスミレに顔を寄せ匂いを嗅いで、

「いいにおい」

と言った。

スミレがアオイを見ると、アオイもスミレを見た。

ベルトを着けたお互いの姿を見つめ、

「おそろいね」

「おそろいね」

と、笑い合った。

「……これからは、ずっとおそろいだ」

アザミはそう言うと、いつものようにスミレとアオイの頭に、ポン、ポンと手をのせてから、その手を上着のポケットに突っ込み、何処(どこ)かへ歩いて行こうとした。

「つれてって」

「つれてって」

と頼むと、アザミは背中を向けたまま、

「ああ。連れて行くよ」

そう言って歩きだした。

……アオイ……

……アタシはアオイとずっといっしょだったんだ……

……どうしていままでわすれてたんだろう？

……アタシは、いつも、アオイといっしょだったんだ……

……アオイもアタシとおんなじだったんだ……

……めにみえるものしか、わからなかったんだ……

……カミサマも、イノチも、わからなかった……

……だから、あの日も……

……ユキをみて、ふたりでわらったんだ……

……ユキは、めにみえたから……

……だから、アタシとアオイはユキをみてわらったんだ……

……アオイ？

……ねえ、アオイ？

……どこにいるの？

……きっと、ちかくにいるよね？

……だって、きょうだって、アタシたちはいっしょだった……

……いつもみたいに、コトリをうりにきて……

……コトリ……。

その時。

スミレが今まで雪だと思って見ていた、空から降りてくる、まっ白で小さな光の破片の、その全てが、無数の白い小鳥になって、一斉に空へ舞い上がっていった。

……あぁ……コトリたちだ……

……そうか。ユキじゃなかったんだ……

……あれは、アタシのコトリたちだったんだ。

……そうか……そうだったんだ……

……コトリたちが、にげたんだ……

……カゴからにげたんだ。

……アタシのも……

……アオイのも……
……いちばのも、みんな……
……よかった……
……みんな、にげられたんだ……
……カゴからでられたんだ……
……よかった……
……よかったね……。

スミレの目にはハッキリと、空を飛んでいくたくさんの小鳥達の姿が見えていた。

……みて、アオイ……コトリたち……みえてる？
——みえてるよ……スミレ……。
……アオイなの？
——うん……。
……ずっと、そこにいたの？
——うん……ずっと、いたよ……。

……ユキをみた？

――うん……みたよ……。

……よかった……アオイ……コトリたち……キレイだね……。

――うん……キレイだね……スミレ……。


スミレはその時、生まれて初めて、目に見えないものを信じることが出来て嬉しくなった。

アオイの姿は見えなかったけど、確かにそこにいると信じることが出来た。

✲

二つの大きな爆発の直後、ザーラの町のペット市場は灰色の煙で包まれた。

その煙の中がどうなっているのか、人々には何も見えなかった。

突然の爆発音は耳をつんざき、人々から音を奪った。

音も、景色も、思考も失われた世界で、町の人々は、其処に市場があったはずの場所をただ呆然と見つめていることしか出来なかった。

どれほどの時間が経ったのか誰にもわからない。

やがて風が吹いて、立ちこめていた灰色の煙が少しずつ流れ、晴れていくと、そのあとにはたくさんの小さくて細かい光の粒が、キラキラと、市場の空中に漂っていた。

それは二つの爆発によって舞い上がったあらゆるものの破片だった。

埃、塵、木屑、硝子、布、糸、動物の毛、そして無数の鳥達の羽だった。

その、ありとあらゆるものの破片は、煙が去った後も、いつまでも空に漂い続けていて、時々、太陽を反射させてキラリと光るのだった。

町の人々は誰も、何も考えることが出来ず、皆、口をポカンと開けたまま、その光の粒を黙って見つめ、立ちつくしていた。

それはまるで雪だった。


市場から少し離れた場所の道端に、少年の死体が一つ、転がっていた。

傍らに、黒い携帯電話のようなものが落ちていた。

アザミはそこで野良犬のように死んでいた。

胸には、あの小さなナイフが刺さっていた。

ナイフの柄をアザミは両手でギュッと握りしめたまま死んでいた。

その姿はまるで、大切な宝物を胸に抱いて必死に守ろうとしているように見えた。

町の人々は誰一人として、その道端の死体に気がついていなかった。
人々はまだ、自分達の住む世界でたった今何が起きたのか、把握出来ないでいた。
誰もが動けなくなったまま、相変わらず口を開け、ずっと空を見上げていた。
砂漠の町に、小さな幾つもの光の破片が、雪のように、いつまでも降り続いていた。

地球発……

ぼくは、ようやく旅立つことにした。

駅の階段をホームへと降りていくと、満開の桜が汽車に覆(おお)い被(かぶ)さるように咲いていた。

少し風が吹くたびに、花が散って、雨に濡(ぬ)れた汽車の黒い屋根にたくさんの桜の花びらが張り付いていく。それは、ピンクというよりも、もっと薄い、白のような色だった。

キミがこの星を去ってどれぐらいの年月が流れたろう。ぼくはあの後、すぐにもキミを追って行きたかったのに、ずいぶんこの星に足止めされてしまった。

いや、ぼく自身がこの星の議論から、離れる勇気をなかなか持てなかったってことだ。

この星の物語の一員でなくなる決意が出来なかったんだ。

でも、もしかすると、ぼくがここで迷いながら過ごしたうんざりするほどの時間は、キミにとってはほんの一瞬だったりするのかもしれないね。

キミの笑い声は今でも聞こえてる。

キミが言うほど悲しみはすぐには消えなかったよ。キミのいない悲しみは、あれからずっと、今も続いているんだ。

ぼくは、とても古びた汽車の車両に乗り込んだ。車室にはほとんど人がいなくて、すえたような、埃のような匂いが漂っていた。

小さな黄色い電燈と天鵞絨の腰掛け。鼠色のワニスを塗った壁に真鍮の大きなボタンが二つ光っていた。

ぼくは、星がよく見えるように窓際の席に座った。

窓からプラットホームの風景をぼんやり眺めながら、ズボンのポケットに入れたキミに持っていくための絵を指で確認した。

ぼくの荷物はこれだけだ。

桜の花びらは、相変わらず雪みたいに降り注いでいた。

「ここ、いいですか？」

突然声を掛けられて見上げると、黒いコートを着た老人が、ぼくの向かいの座席を指さしてこちらを見てたんだ。

「どうぞ」とぼくは答えた。

他にも空いている席はたくさんあるのにと思ったけどね。

その老人は安心したように笑って、その席に座った。ぼくに向き合って座る窓際の席だ。

老人。と、ぼくはその人を呼んでるけど、おそらくその人は、ぼくとそれほど変わらない年齢だと思う。もしかしたらぼくより年下かもしれない。つまり、人から見たらぼくだってもう老人だってことだ。

キミ。それほど長い年月が、あれから流れたってことだよ。ぼくがこの汽車に乗る決心をするまでに、それほど長い時間がぼくには必要だったんだ。

「桜は迷わないんだなあ……」

突然、その老人が言って、ぼくはびっくりした。

「え？」

老人の指さす先には桜があって、何千もの花びらが風に舞っていた。

「桜は全然迷わない。見てください」

「あんなに綺麗なのに。きっと、まだこれからもっと綺麗になるのに。もう散ってしまうんだなあ。きっとたまらなくなって散ってしまうんでしょうね。もっと他に行きたい所があって、留まっていられないんだろうなあ。もっと遠くの遠くの方へ飛んで行ってしまいたくなるんだろうなあ」

そう言うと老人はぼくに笑いかけた。ねえ、キミ。ぼくは驚いたよ。その老人の笑顔はキミにとても似ていたんだ。

キミと最初に出会った時のことを思い出したよ。あのサハラ砂漠の真ん中で、ぼくの飛行機が故障して途方にくれていた時、キミが突然ぼくに話しかけたんだ。

「お願い。ヒツジの絵を描いて」って。

キミは金色の髪をした、とても風変わりで小さな王子様だった。

今、ぼくの目の前にいる老人は、見た感じは、確かにキミとは全然違っているけど、やっぱりとても風変わりなところがキミと、どことなく似ているんだ。

「ぼく達人間はどうしてこうも迷うのだろう。いつまでもいつまでも、議論ばかりをしている。どっちの心が善いとか悪いとか。言い合ってばかりで勝負がつかないでいる。ぼく達は、あの桜みたいになれればいいのになあ」

ぼくはまた驚いた。この人はまるで、ぼくがこの星の議論から離れようと決心して、この汽車に乗ったことを知ってるみたいだって思ったんだ。

その時、汽笛が鳴った。そしてどこからか、不思議な声で、「銀河ステーション、銀河ステーション」と聞こえたんだ。

いきなり辺りがぱっと明るくなった。窓の外を見たら、そこらじゅう一面に五億の星が、ちりばめられていた。

「発車しましたね。ほら、あれが地球ですよ」

老人が指さした先には、さっきまでぼく達がいた星が小さく光っていた。

ぼく達は、細かな億万の光の粒の中にいた。

その光は、まるでキミの髪の毛のような金色で、その景色は、どこまでも続く光の麦畑のようだった。

全て(すべ)の星から、キミの笑い声が聞こえたよ。

下の方には白く煙ったような銀河の川が、ずっと遠くまで続いていて、ぼくがそれに見とれていると、その人は言った。

「懐(なつ)かしいなあ。ぼくはこの汽車に乗るの、二度目なんです」

「え？」とぼくが言うと、その人は、

「前に乗ったのはもう随分昔のことです。もう何十年も前のことですよ」

と微笑(ほほえ)んで、こう言ったんだ。

「ジョバンニといいます。どこまでも一緒に行きましょう」

こうして、銀河鉄道は出発したんだ。

窓の外は、五億の大銀河だった。

ぼくはジョバンニに、キミの話をしたんだ。とても時間をかけて、詳しく話したよ。キミと出会ってから別れるまでのいろいろな話を。それからキミが自分の星から旅立って、地球に来るまでの話も全部。キミの星に咲く花の話も、キミがぼくに言ってくれた言葉も。

ジョバンニは、時々目を丸くして驚いたり、時々声をあげて大笑いしたり、時々悲しそうに涙をこぼしたりしながら、ぼくの話を聞いてくれた。

ぼくは、キミの話をするのが本当に好きで、いつまでも、いつまでも、終わらないぐらい話し続けてたんだけど、ジョバンニはそれをずっと、本当に楽しそうに聞いてくれたんだ。

キミはぼくに、笑い声をプレゼントしてくれたよね。そして人間達にとって星は同じものじゃないと言ったね。旅人にとっては星は道案内だけど、別の人にとっては星は光の粒でしかない、と。そしてこれからは、ぼくにとって星は、キミの笑い声になると、そう言った。

夜空を見て、どこかの星でキミが笑い声をたてたら、全ての星が笑っているように感じられるはずだ。だから笑いたくなったら、夜空を眺めて一緒に笑おうと言った。

星を見て笑っているぼくの姿を誰かが見たら、あやしい奴(やつ)だと思われるかもしれない。何をしているんだと聞かれたら、星を見ると笑いたくなるんだ、と答えればいいとキミは言った。

そしたらぼくはきっとみんなから馬鹿（ばか）にされるだろうね、そう言ってキミは笑ったんだ。

ねえ、キミ。驚いたよ。ジョバンニはぼくを馬鹿にしなかったんだ。馬鹿にするどころか、ぼくと一緒に大笑いしたんだ。

「ああ。本当に星は笑い声だねえ。ぼくはこれ程笑ったのは何年ぶりだろう。星は笑い声にもなるんだなあ」

ジョバンニは感心したようにうなずいた。

「昔この列車に乗った時、それまで茸（きのこ）のような形だった星の光が次に見た時にはまるでチョコレートを積み上げたような三角標になっていて、ぼくは、そんなふうになるなんて、あまりにひどいって叫んだんだ。光がそんなふうに変わるなんて、って……」

ジョバンニは懐かしそうに言った。

「でも、そうしたらセロのような声が聞こえてきて、ぼくに言ったんだよ。光というものは、一つのエネルギーだよ、って。それで、お菓子や三角標も、いろいろなエネルギーが、ある規則によって積み上げられて出来ているものだって。だから、規則さえそう変われば光がお菓子になることだって、三角標になることだってあるんだって」

ジョバンニの言うことは、難しかったけど、キミの話すようなことに似ていたんだ。

「光がお菓子にだって？」

「そう。これは物理の約束ごとの話だよ。ぼく達は、今まで星の光が、光にしかならないような物理の約束ごとの場所にいたんだ。他の世界を知らなかった。でも、その約束ごとが変われば、星の光が笑い声にだってなるんだ。その王子様だって、人間達にとって星は同じものじゃないと言ったんだろ？」

確かに、キミはそう言った。ぼくはうなずいた。

「だったらきっとそうなんだ。あなたには、そんな自分の星があっていいなあ。あなたとその星は、とても強く繋(つな)がっているんだ。何かと繋がるっていうことは、きっとその人にとっての物理の約束ごとが全部変わることだ。世界が変わることだよ。世界が変われば、光が笑い声になることだってあるんだ。きっと」

ぼくは、キツネがキミに言った言葉を思い出したよ。

『〝なつく〟ということは、〝きずな〟で結ばれるってことさ』

ジョバンニは、窓の外を見ながら言ったんだ。

「もしそうだったら、ぼく達がこうして地球から離れることも、本当は、離れることではないのかもしれないね」

ぼくはなんだか急に嬉しくなって、ジョバンニに、キミに届けようとしている絵を見せたんだ。ぼくがキミに頼まれて描いたヒツジの、その口輪に付ける為のヒモの絵だよ。

「いいヒモだね」

とジョバンニはほめてくれた。

ぼくは夢中で説明した。

「ぼくは、ヒツジの口輪にこのヒモを描くのを忘れていて。だから、どうしてもこのヒモを届けたくて。だってヒモがなかったら、ヒツジを繋ぐことが出来ないよね？　それじゃあきっと困ると思うんだ。そのことがとても心配で。だから、どうしてもこのヒモだけは届けたくって……でも、今さらこんなものを持って来て、って、王子様が思わなければいいんだけど……」

ジョバンニは、何度も何度もうなずいていた。ぼくは胸が苦しくなって言った。

「王子様は、悲しみは長続きしないと言った。でも、それは間違っていた。今でもずっと、悲しみが消えないんだ……」

「……本当に、そうだねえ」

ジョバンニは、しみじみとそう言ったんだ。

「ああ。あなたの話す王子様は、ぼくの友達にそっくりなんだ」

「あなたの友達？」

「カムパネルラっていうんだ。カムパネルラも、いつも笑っていた」

窓の外に、実に幾万という鳥の群れが、銀河の川の向こうの方へ飛んでいくのが見えた。

キミ。あの景色はキミにも見せたかった。

川が二つに別れている、そのそれぞれの川の上を、何千、何万という鳥達が一斉に真っ直ぐに飛んでいくんだ。

「今こそ渡れ渡り鳥！　今こそ渡れ渡り鳥！」

川の真ん中の真っ暗な島に組まれたやぐらの上で、赤と青の旗を持った信号手が、青い旗を思いきり振りながら大声で叫んでいた。

ぼくとジョバンニはずっとその鳥達のことを眺めていた。そういえばキミも、渡り鳥の助けをかりて星を旅立ったんだよね。

「綺麗だなあ」

ジョバンニが言った。

「あの鳥達は、どこへ行くんだろう？　きっと彼らもそれぞれが何かと繋がっていて、だからこそ、あれほど思い切って遠くへ遠くへと、飛ぶことが出来るんだろうねえ」

　鳥達が飛んでいく空は、まるで地球で見る夕焼けの空のように、赤や橙や黄色や青や白で光っていて眩しいような、優しいような空だった。ぼくはジョバンニに聞いたんだ。

「あなたは、どうしてもう一度この汽車に乗ろうと思ったの？」

「本当の本当の幸福を見つけるためだよ」

「本当の本当の幸福？」

「ぼくは、今まで自分が何に帰属しているのか、ずっとわからなかったんだ。それは国家なのか？　民族なのか？　それとももっと別の何かなのか？　帰属とは、命綱で何かと繋がるってことだよ。あなたの命綱は星と繋がっている。それはとてもいいね。そして今あなたは、その星の笑い声が聞こえると言った。その笑い声が聞こえると、どんな気持ちになる？」

「それは音楽みたいで、聞こえると心がポカポカするんだ」

　ぼくがそう答えると、ジョバンニは目を瞑ってしばらく考えてから言った。

「ねえ。笑い声って何だろう？」

「え？」

「ぼくは今思ったんだ。笑い声っていうのは、たった今、この瞬間、その人が幸福だってことの証拠なんじゃないかなあ。だってそうじゃなきゃ、そんなふうに笑えないだろ？」

ねえ、キミ。ジョバンニの言うのは本当？　もしそれが本当なら、とても嬉しい。

「あなたの命綱は星と繋がっていて、その星から笑い声が聞こえてくる。それはとてもいいね」

ぼくは、まるで跳ね上がりたいぐらいに愉快になって、たまらなくなった。本当に、それはいいなあって思ったんだ。

「ぼくはずっと、本当の神様をさがしていたんだ。たった一人の本当の本当の神様だよ。でもそれはとても見つけにくいものだった。みんながめいめい自分の神様が本当の神様だと言うのに、お互い他の神様を信じる人達のしたことでも涙がこぼれるのは何故だろう。ぼくはそれをずっと考えていた。そして答えが出なかった。あなたは命綱で星と繋がっていて、その星の笑い声がきっとあなたの本当の幸福だ。笑い声は星が幸福な証拠で、その星の幸福が、あなたにとっての本当の本当の幸福なんだ。それが本当の本当の神様だ」

ぼくはうなずいた。

「目では見えないものだよね」

「え？」

「王子様がぼくに言ったんだ。本当に大切なものは、目では見えない」

ジョバンニは答えた。

「そうか。そうかもしれない。だからぼくはなかなか見つけられなかったのかな。あなたと星を繋いでいる命綱は目では見えない。透明なロープみたいに。でもそのロープこそが、本当の本当の神様で、本当の本当の幸福だ。あなたと星の間に見えないロープがある。それは、太陽とぼくの間に空があることと同じだね」

「どういうこと？」

「だって、もし太陽とぼくの間に何もなかったら、ぼくはきっとあっという間に燃え尽きてしまうだろう？　だから空はとても大切なものだ。空がぼくと太陽を繋いでるんだ」

ぼくは、もう少しジョバンニの話を聞いてみようと思った。

「神様とぼくの間に人がいる。王子様とぼくの間にあなたがいる。ぼくはあなたの話を聞いてる間ずっと思っていたんだ。誰かの声で誰かの話を聞くというのは、なんて幸福なことだろうって」

「誰かの声で誰かの話を聞く……」

「うん。ぼくは昔、こう思ってたんだ。ぼくの神様だけが本当の神様だって。他の人の言う神様は嘘（うそ）の神様だって。でもきっとそうじゃないんだ。ぼくに神様の話を聞かせてくれているその人こそが、ぼくの本当の神様なんだ。ぼくが、本当の本当に信じられるのは、人なんだ。だから、他の神様を信じる人達のしたことでも涙がこぼれるんだ」

　ぼくもジョバンニの話を聞いていて涙がこぼれた。

　ジョバンニは窓の外を眺めながら口を開いた。

「ああ。ぼくはそのことに今まで少しも気がつかなかった。ぼくはあの頃、とても子供だった」

　ぼくもそうだ、とぼくは思った。

　ぼく達はみんな、昔は子供だった。

　大人はいつかそれを忘れてしまうと、あの頃ぼくは思っていた。だからぼくは忘れないでいようと。

　そしてぼくはその通り、忘れなかった。でもぼくはあの頃、気づかなかったんだ。

　子供であることは、無垢(むく)であることで、無垢であることは、残酷なことであると。

　ぼくは子供であるまま、あの星の議論に参加して、子供であるまま、戦いに参加した。

　ねえ、キミ。キミが行ってしまったあと、あの星で何があったか、キミからは見えていただろうか。

　とてもキミには見せたくないことばかりが起きたんだ。

　それはみんな、子供だったぼく達が起こしたことだ。

確かに、あの頃ぼくは、子供だった。

ジョバンニが気がつかなかったことは、ぼくが気がつかなかったことと同じだったんだ。

ぼくは、子供だった自分のことを思い出して、キミを思い出した時みたいに笑うことが出来るだろうか。これから先のぼくを思った時、キミを思った時と同じように笑うことが出来るだろうか。

ぼくは、そんなことを考えながらジョバンニを見た。

そして、ああ、ジョバンニもきっとぼくが参加したあの戦いに参加したんだと思った。あの長い長い戦いに。ジョバンニがそう言ったわけじゃないけど、言わなくてもぼくにはそれがわかったんだ。

するとジョバンニは、突然ぼくの方に向き直った。

「ねえ。あなたの友達の王子様と、ぼくの友達のカムパネルラが、もしも、同じ少年だったとしたら、どんなに楽しいだろう」

「ぼくも今、それを考えていたんだ」

ぼく達は声を出して笑い合った。

ジョバンニは、それこそまるで子供のような顔をして笑っていた。おそらくぼくもそうだったと思う。

窓の外では、億万の星達が笑っていた。

キミは、あれから大人になっただろうか。それとも、あの時のままかな。

ぼく達は、この大銀河の中では今でもまだまだ子供だよね。だとすれば、キミもきっと子供のままだろうね。


ねえキミ。そうやって笑っていた時、ぼくには急にぼくの旅の目的がわかったんだ。

本当の本当の、この旅の目的だ。

ぼくは、キミの声でぼくの物語を聞きたいんだ。ぼくの今までの物語を、キミに声を出して読んでほしいんだ。

昔のことも、今のことも全部。

ぼくの生きてきた人生をキミの声で聞くこと。それがぼくの、本当の本当の、目では見えない幸福だ。


もうすぐサザンクロスだ。

ぼくとジョバンニは、今まで通り過ぎてきた方を見た。

そこには地球が、他の星と変わらない小さな光の点になって見えていた。

それでもその光は、ぼく達にとって特別な光だ。

あの星では、今もきっと終わらない議論が続いている。

その小さな光の点から、白く光る細いロープのようなものが、ずっと伸びてぼく達の目の下まで繋（つな）がっているように見えた。

よく見るとそのロープは、何千、何万、何億という鳥達の列だった。

鳥達の白いロープは、地球からぼく達の所まで、繋がっていたんだ。

鳥達は、地球から逃げていくように見えた。

ぼく達は、これから行く方を見た。

そこには、青や橙や、本当に、ありとあらゆる色彩の光の点をちりばめられた空が、永遠に広がっていた。

そして、その先の方へとロープは続いていた。

鳥達は、もっと先へ、もっと遠くへと、飛んでいくように見えた。

新鮮な体験であった。それは書きはじめてから、途中行き詰まったり進んだり書き直したり、そして完成し本になり出版され、それぞれの読者の手に渡り、感想が返ってきてということ全(すべ)てにおいて、とても新鮮な体験であった。そしてその新鮮さは今でも続いている。誰しも心当たりはあるだろうが、何事においても若い日の、自分の身をかけたような挑戦はその結果がどうであれ、瑞々(みずみず)しくかけがえのない体験として思い出に残る。そういった種類の体験をこの年齢にして出来た私は幸福であると思う。今後こういう体験を幾つ出来るであろうかと思う。

私の中にある幾つかの強い印象を持つ体験。初めてお客の前でネタをやった時、初めてテレビに出た時、初めてラジオ番組をやった時、初めて自分達のライブをやった時。初めて自分達の名前の付いたテレビ番組をやった時、初めて映画監督をやった時、初めて本を出版した時。それぞれの体験は時が経てば経つほどキラキラと輝いて、もう二度と味わえることのない興奮として思い出になっている。それはとても貴重な興奮であるが、かといって現在私が漫才をやる時、〝あの時〟と同じ興奮や緊張を味わいたいかといえばそうではない。

二〇年以上漫才をやってきた爆笑問題にとって、経験からくる〝馴れ〟を基盤にした冷静さや計算高さや逞しさは、〝あの時〟の新鮮さ以上に貴重なものであり、今我々が追うのは別の新鮮さである。なんとも高飛車な言い方になるが、私は漫才を長年続けて、経験を重ねた結果、ここまでの気持ちになれた自分を誇らしく思うし、同じように〝物語を書く〟ということも後にはそう思えるような物事にしたい、と思っている。つまりいずれ〝物語を書く〟という行為を自分の中での〝特別なもの〟でなくしてしまいたいという気持ちである。だからこそ今回の『マボロシの鳥』を書いた経験は、私にとってただ一度きりの新鮮な体験であり、貴重なものであった。

反応に関しては賛否両論。どちらも感激した。意外だったのは『太田光が前面に出すぎている』という指摘が多かったことだ。あれで？　と思われるかもしれないが、実は私は、今回の小説は自分の気配を消すということに一番気を使った。

物語を書こうと思った頃。私は〝太田総理〟や連載のエッセイ、ラジオなどで、〝太田光自身〟を剥き出しにしたストレートな言葉で思いを表現することしかしていない自分にウンザリしていた。「何と芸のないことをしてるんだろう」と。まあ、それほど大げさなものでもないのだが、ある意味行き詰まっていた。だから今度はそういう〝思い〟を直接語るのではなく、物語に変化させて、自分を後ろに引っ込めて表現してみたいと思っていた。そうして実際この小説集はそのつもりで、〝詠み人知らず〟の物語として成立させたつもりだった。しかし実際の反応は真逆の感想が多かった。『太田の顔がちらついて物語に没頭出来ない』『これだったらエッセイの方がわかりやすい』と。これは私にとってとても意外な驚きだった。すこし考え込んでしまったりもした。

そう言われて考えてみると、表題作「マボロシの鳥」は作者が時々顔を出し、自分の思いを話すという形式で、私自身はカート・ヴォネガットがよく使う趣向をパクって洒落っぽくしたつもりであったが、読者にしてみれば普段顔の見えない作家がそれをするのと、毎日嫌という程テレビに出ているタレントである私がするのとでは相当印象が違うのだろうと思い当たった。『太田光が出すぎてる』というのはおそらく表題作のそういった書き方の問題が大きいと思うので、私としてはそれほど深刻に考えはしなかったのだが、それにしても、自分が意識している以上に私はテレビタレントであり、名前、顔、表情、声のトーンまで世間に知られているということが、他の作家とは違うのだということを改めて痛感した。小説を書く場合、この状態は考え方によって有利不利があるだろうが、私の場合おおむね有利に働くことが多いので、その点に関しては、変な言い方になるが、今までの自分の芸能活動に感謝するような気持ちになった。今後私が何をするにせよ、〝太田光〟という名前からは逃げられないのだと悟ることで吹っ切れたような気持ちにもなった。例えば宇多田ヒカルがいくら〝人間活動〟をしようと思っても、おそらく〝宇多田ヒカル〟という名前から逃げることは出来ないだろうし、水嶋ヒロがいくら名前を変えて小説を出しても、〝水嶋ヒロ〟という名前からは逃げられないだろう。私は、自分がそういう名前を持てているのだということをとても幸福だと思う。それはそのまま私がそうなることを望んでやってきたことが達成されている証（あかし）であり、今回小説を書いたことでそれを実感できたことが嬉（うれ）しかった。

『これは小説ではない』という意見もとても多かった。こういうリアクションに関しては馴れていて、私は何か新しいことをするたびに必ずそう言われる。政治バラエティを始めた時は『太田は芸人ではない』『あいつはもはや漫才師ではない』という反応がとても多かった。逆に『政治評論家でもないクセに政治を語るな』という反応もあった。また大学教授と対談すれば『専門家でもないクセに』という反応がある。映画を撮った時も『あんなものは映画ではない』と反応があった。世間とは本当に専門家が好きなのだと思う。私は逆に自分を何か一つのジャンルの中にカテゴライズされることがとても嫌なので、『お前は何者でもない』と言われることはそれがたとえ悪意であっても嬉しかったりする。おそらくそういう世間の私に対する反発の根底には、『太田光は単なるテレビタレントである』という思いがあるのではないかと私は勝手に想像しているのであるが、まさに私はテレビを主戦場としているので、『テレビタレント』という認知のされ方は、至極真っ当で私の望む所であるので、私を傷つけることはない。ただ、その世間の認識の中にテレビタレントというものを一段下に見るニュアンスが含まれているような気がするのが不満ではあるが。
と、まあ、こうして考えてみると今回の『マボロシの鳥』を出したことに関する様々なことは、好意も悪意も含めて私にとっては楽しいことばかりだったように思う。しかしこれは処女作を出した新人作家の特権であるとも思える。今後はもっと作品とも世間とも格闘していかなければならないだろうと思う。

自分の作品に関する一つの自負があるとすれば、私の書いた全ての物語において、私が今現在生きている世界で起きている実際の事象と私自身が逃げずに交わった、ということだ。

それから寂しかったことと言えば、直木賞、芥川賞、本屋大賞などの文学賞から全く相手にもされなかったことだ。これは正直言って悔しかったし悲しかった。自分では文壇に殴り込みをかけたつもりだったが、洟（はな）もひっかけられなかったという印象だ。格好悪いなと思った。私は文学は好きだが文壇という〝共同体〟自体には特に興味もないつもりだったのだが、いざこうして箸（はし）にも棒にもかからないような状態になってみると、あからさまに悔しがってしまう部分が私の器の小さいところかもしれない。
いずれ嫌でもこっちを向かせてやると、今は思っている。

太田 光

（「ｙｏｍ ｙｏｍ」二〇一一年三月号より再録）

この作品は二〇一三年四月新潮文庫に所収されたものです。

マボロシの鳥(とり)

太田光(おおたひかり)

令和5年4月10日　初版発行

発行人――石原正康
編集人――高部真人
発行所――株式会社幻冬舎
〒151-0051東京都渋谷区千駄ヶ谷4-9-7
電話　03(5411)6222(営業)
　　　03(5411)6211(編集)
公式HP　https://www.gentosha.co.jp/
印刷・製本―中央精版印刷株式会社
装丁者――高橋雅之

幻冬舎文庫

ISBN978-4-344-43282-6　C0193　は-7-17

この本に関するご意見・ご感想は、下記アンケートフォームからお寄せください。
https://www.gentosha.co.jp/e/